첫사랑

첫사랑

1판 1쇄 인쇄 | 2017년 11월 25일
1판 1쇄 발행 | 2017년 11월 30일

지은이 | 투르게네프
옮긴이 | 김지영
펴낸이 | 윤옥임
펴낸곳 | 한비미디어

서울시 마포구 독막로 28길 34
대표전화 (02)713-3734, **팩스** (02)706-9151
등록 제 2003-000077호

© 2017 by Brown Hill Publishing Co. 2017, Printed in Korea

ISBN 978-89-90167-86-6 03890
값 10,000원

첫사랑

투르게네프 지음 | 김지영 옮김

The pain started from
the day of falling in love.

한비미디어

차 례

프롤로그 7

1 11 2 17

3 22 4 26

5 43 6 49

7 55 8 71

9 80 10 97

11 105 12 113

13 121 14 127

15 133 16 142

17 159 18 171

19 178 20 184

21 193 22 205

ㅁ투르게네프의 삶과 작품 213

프롤로그

괘종시계가 열두 시 반을 알리는 종을 쳤다. 대부분의 손님들이 돌아가고 시간이 꽤 지나 있었다.

방에 남은 사람은 주인과 세르게이 니콜라예비치, 그리고 블라디미르 페트로비치 세 사람뿐이었다.

주인은 벨을 눌러 하녀를 부르더니 남아 있던 밤참을 치우라고 했다.

"자, 그럼 결정된 겁니다."

주인이 안락의자에 몸을 깊숙이 파묻고 앉아 여송연에 불을 붙이면서 말했다.

"이제부터 돌아가면서 자신의 첫사랑 얘기를 하는 겁니다. 그럼 세르게이 니콜라예비치, 당신부터 시작하십시오."

살찌고 허여멀건 얼굴에 작고 통통한 몸집을 가진 세르게이 니콜라예비치가 주인 쪽을 잠깐 쳐다보다가 천장으로 시선을 돌렸다.

"저에겐……"

드디어 그가 얘기를 시작했다.

"첫사랑이라고 할 만한 것이 없습니다. 두 번째 사랑부터 했으니까요."

"그건 또 무슨 애깁니까?"

"별거 아닙니다. 나는 열여덟 살 때 처음으로 무척 매력적인 아가씨를 쫓아다녔는데, 그다지 뜨거운 감정을 느끼지 못했습니다. 그다음에도 많은 여자들을 만나보았지만 늘 그랬습니다."

그는 잠시 멍하니 있다가 다시 얘기를 이어나갔다.

"사실, 나는 여섯 살 때 내 보모에게 처음이자 마지막 사랑을 느꼈답니다. 그러나 너무 오래전의 일이라, 그때 보모와 나 사이에 어떤 일이 있었는지조차 잘 기억나지 않는군요. 또한 기억에 남아 있다 해도 그런 얘기에 흥미를 느낄 사람이 어디 있겠습니까?"

"그래요? 그럼 어떻게 할까요?"

주인이 난감해 하면서 말을 받았다.

"내 경우도, 그다지 재미있는 건 못 됩니다. 지금의 아내인 안나 이바노프와 알게 될 때까지는 이렇다 하게 사랑을 해본 적이 없었으니까요. 더군다나 아내와는 싱겁다고 할 정도로 모든 일이 너무 순조롭게 진행되었습니다. 양가 아버님들 사이에서 혼담이 나오자, 우리는 금방 서로에게 정이 들어 더 이상 머뭇거리지 않고 결혼식을 올리고 말았으니까요. 이런 상황이었으니까, 더 얘기할 것이 뭐 있겠습니까. 하지만 솔직히 말씀드려서, 내가 첫사랑 얘기를 하자고 한 것은 당신들의 얘기가 궁금해서입니다. 두 분 다 아직 세상을 다 산 노인은 아니지만, 이런저런 경험이 꽤 많을 정도로 나이 든 독신 아닙니까. 블라디미르 페트로비치, 당신이라면 뭔가 재미있는 이야기를 들려줄 수 있을 것 같은데……."

주인이 블라디미르 페트로비치를 바라보았다.

"내 첫사랑은 참으로 특이한 것이었죠."

백발이 듬성듬성한 사십 가량의 블라디미르 페트로비치가 말을 약간 더듬거리며 이야기를 시작했다.

"오!"

주인과 세르게이 니콜라예비치의 입에서 동시에 탄성이 터져 나왔다.

"그래요? 그거 정말 재미있겠군요. 무슨 얘기인지 어디 한번 들어봅시다."

"그럴까요? 아니, 그만둡시다. 차라리 이야기하지 않는 것이 낫겠습니다. 제가 본래 말재주가 없어서 싱겁고 짤막한 얘기가 될 게 분명합니다. 또한 길게 늘어놓으면 갈피를 잡지 못하고 횡설수설할 것이 뻔하거든요. 그래도 두 분께서 원하신다면, 생각나는 모든 것을 수첩에 적었다가 나중에 읽어드리겠습니다."

두 사람은 처음엔 그 제안을 받아들이지 않으려 했으나, 블라디미르 페트로비치의 고집이 워낙 세서 어쩔 도리가 없었다.

그래서 2주일이 지난 다음 그들은 다시 모였고, 블라디미르 페트로비치는 약속대로 수첩에 적어 온 내용을 읽어주었다.

그가 읽어 내려간 내용은 다음과 같았다.

1

그것은 내가 열여섯 살이었던 1883년 여름에 있었던 일이다.

나는 모스크바에서 부모님과 함께 살고 있었다. 당시, 우리는 네스쿠치느이 공원 맞은편에 자리한 칼루가 성문 근처의 한 별장을 빌려 사용하고 있었다.

나는 대학에 들어갈 준비를 하고 있었는데, 그리 서두르지도 않았고 제대로 공부도 하지 않았다. 나를 구속하는 사람이 아무도 없었기에, 나는 내 마음대로 행동했다. 특히 마지막 가정교사가 그만두고 난 다음에는 더욱 그랬다.

그 프랑스인 가정교사는 자기가 폭탄처럼 러시아 땅에 떨어졌다는 생각에 사로잡혀 언제나 불안에 떨고 있었다.

그는 늘 표정이 잔뜩 굳어 있었고, 아침부터 저녁까지 하릴 없이 침대에서 뒹구는 날이 적지 않았다.

아버지는 다정한 성품이었지만 내게는 무심한 편이었고, 어머니는 내가 하나밖에 없는 외아들임에도 불구하고 거의 신경을 쓰지 않았다. 그것은 어머니의 마음이 다른 걱정거리에 쏠려 있었기 때문이다.

아버지는 아직 젊은데다가 꽤 잘생긴 미남이었으며, 어머니보다 무려 열 살이나 나이가 아래였다. 어머니와는 이를테면 정략결혼을 한 셈이었다.

어머니는 슬픔의 나날을 보내고 있었다. 아버지 앞에서 전혀 내색을 하지 않았지만, 어머니의 가슴속엔 아버지에 대한 질투와 초조함으로 언제나 들끓고 있었다. 어머니가 아버지를 두려워한 데 비해, 아버지는 거리감이 느껴질 만큼 엄격하고 냉정했다. 나는 아직까지 그토록 침착하고 자신만만한 사람을 본 적이 없을 정도였다.

이 별장에서 보낸 몇 주일을 나는 영원히 잊지 못할 것이다.

날씨는 연일 화창했다. 우리는 5월 9일, 성(聖)니콜라이 축일에 시내에서 이곳으로 이사 왔다.

나는 이 별장의 정원인 네스쿠치느이 공원을 거닐었고, 어떤 때는 성문 밖으로 나가기도 했다. 그럴 때면 늘 책 ─ 이를테면 카이다노프의 강의록(러시아의 역사에 관한 책) 같은 것 ─ 을 가지고 나갔지만, 그 책을 읽는 일은 거의 없었다. 대신 그동안 틈틈이 외워두었던 시들을 소리 높여 읊곤 했다.

내 심장은 마구 뛰면서 젊은 피가 격렬하게 용솟음쳤고, 가슴속에는 우스꽝스러운 동경으로 가득 차 있었다. 그리고 사소한 모든 것들에 놀라움을 느끼면서 끊임없이 무언가를 기다렸다.

나의 상상력은 마치 동틀 무렵에 종루 주위를 맴도는 제비 떼처럼, 언제나 같은 환상의 주위를 빠른 속도로 퍼덕이며 날고 있었다.

나는 자주 깊은 생각에 잠기거나 슬픔에 젖었으며, 어떤 때는 눈물까지 흘리곤 했다. 하지만 감미로운 시의 구절이나 저녁노을의 아름다움에 휩쓸려 나오는 눈물과 우수(憂愁)는 나에게 봄의 새싹처럼 파릇파릇한 생동감과 함께 삶의 기쁨을 안겨주었다.

나에게는 승마용 말이 한 필 있었는데, 틈만 나면 말에 안장을 얹고는 혼자서 제법 먼 곳까지 달리곤 했다. 말을 세차게 몰면서, 나 자신을 마치 무술 경기에 나온 기사(騎士)로 착각하기도 했다. 그런가 하면 하늘을 향해 고개를 들고는 눈부신 햇빛과 푸름으로 빛나는 하늘을 가슴 가득 받아들이기도 했다. 그때 내 귓전을 스치고 지나가던 바람결은 얼마나 상쾌했던가!

지금 돌이켜 생각해 보면, 그 당시에 여인의 모습이라든가 사랑이라든가 하는 환영(幻影)이 뚜렷한 모습으로 떠오른 적은 한 번도 없었던 것 같다. 그러나 내가 생각하고 느끼는 모든 감각 속에는 알 듯 모를 듯한 수줍은 예감이 숨어 있었다. 무엇인지 모를 신비롭고 감미로운……

이러한 예감과 기대는 내 온몸에 스며들었다. 나는 그것을 들이마셨고, 그 감정은 나의 피 한 방울 한 방울에까지 스며들어 혈관 속을 줄달음질쳤다. 아마도 그것은 곧 이루어질 운명을 예고하고 있었던 것 같다.

우리가 빌린 별장은 둥근 기둥이 여러 개 세워진 목조 건물인데, 양옆으로 조그만 별채가 두 동(棟)딸려 있었다.

왼쪽 별채는 값싼 도배지를 만드는 자그마한 공장이었다. 나는 그곳을 몇 번 구경한 적이 있었는데, 창백하게 여윈 얼굴에 머리칼이 헝클어지고 기름으로 범벅이 된 옷을 걸친 여남은 명의 소녀들이 네모진 인쇄판을 받친 나무 지렛대 위로 쉴 새 없이 뛰어올랐다. 그 연약한 몸무게로 판을 눌러 도배지에 갖가지 무늬를 찍어내는 것이었다.

오른쪽 별채는 비어 있어, 세를 내놓고 있는 중이었다.

그런데 우리가 이 별장으로 이사 온 지 3주가량 되던 어느 날, 이 별채의 들창 덧문이 열리더니 그 안에서 두 여인의 얼굴이 나타났다. 누군가가 이사를 온 모양이었다.

지금도 생생하게 떠오르는데, 바로 그날 점심때 어머니가 하인에게 별채에 어떤 사람들이 이사 왔느냐고 물었다.

하인이 자세킨 공작부인이라고 대답하자, 처음에는 어느 정도 경의를 표하는 말투로 어머니가 말했다.

"아, 공작부인이야……."

그러더니 이내 이렇게 덧붙이는 것이었다.

"아마 어느 가난뱅이 공작부인이겠지."

"마차 세 대로 이사했답니다. 세간들도 매우 초라하더 군요."

하인이 공손하게 접시를 내밀며 말했다.

"그래, 어쨌든 잘된 일이야."

하인과 말을 주고받던 어머니는 아버지가 차가운 눈초리로 힐끗 쳐다보자, 이내 입을 다물고 말았다.

오른쪽 별채에 이사 온 사람이라면 그 누구라도 부유할 리가 없었다. 그 별채는 낡아빠진데다가 좁고 야트막한 집이라, 웬만큼 돈이 있는 사람이라면 거들떠보지도 않을 정도로 남루했기 때문이다.

그러나 그때 나는 그런 이야기엔 아무런 관심이 없었다. 물론, 공작이라는 칭호도 나에게는 전혀 감명을 주지 못했다. 그도 그럴 것이 나는 얼마 전부터 쉴러(Schiller, 18세기 독일의 시인이자 극작가)의 〈군도(群盜, Die Räuber)〉(아버지 모르모 백작과 형 칼, 아우 프란트 사이의 대립과 갈등을 그린 희곡)를 읽고 있었던 것이다.

2

나는 저녁마다 엽총을 들고 정원을 돌아다니며 까마귀를 쫓곤 했다. 욕심 많고 교활한 그 새를 나는 무척 싫어했다.

이야기가 시작되던 바로 그날도 나는 여느 때처럼 정원을 돌아다니고 있었다. 나무가 양쪽으로 늘어선 정원을 아무런 소득도 없이 이리저리 돌아다니다가 ─ 까마귀는 나를 알아보고는 멀찌감치 도망가 이따금씩 까옥거리며 기분 나쁘게 울고 있었다. ─ 우연히 나지막한 담장 옆으로 다가가게 되었다.

담장은 오른쪽 별채 쪽으로 뻗어 있었는데, 별채에 딸린 좁은 마당과 우리 집 정원을 구분하고 있었다.

내가 고개를 숙인 채 걷고 있는데, 갑자기 사람들의 목소리가 들리는 듯했다. 나는 무심코 고개를 들어 담장 너머를 바라보다, 그만 돌처럼 굳어지고 말았다. 이상한 광경이 눈앞에서 펼쳐지고 있었기 때문이다.

내게서 불과 대여섯 발자국 떨어진 딸기나무 덩굴로 둘러싸인 푸른 풀밭 위에 줄무늬가 있는 장밋빛 옷에다 하얀 수건을 머리에 쓴, 키가 훤칠하면서 날씬한 처녀가 서 있었다. 그리고 그 주위를 네 명의 청년이 둘러싸고 있었는데, 처녀는 작은 회색 꽃으로 그들의 이마를 돌아가며 때려주고 있었다.

나는 그 꽃 이름이 무엇인지 몰랐지만, 어린애들이 곧잘 가지고 노는 꽃이었다. 마치 조그마한 주머니처럼 생긴 그 꽃은 무엇이든지 딱딱한 물체에다 두드리면 '톡' 하고 요란스럽게 터지는 것이었다.

청년들은 맞는 것이 무척 즐거운 듯 싱글거리며 이마를 내밀고 있었다.

나는 정면에서 그녀를 보지 못했지만 — 나는 옆에서 그녀를 바라보았다. — 처녀의 몸짓에서는 뭐라 말할 수 없는 매력이 느껴졌다. 명령하는 듯하면서도 상냥하게 어루만져 주는 부드러움과, 조롱하는 듯하면서도 한없이 아름다운 무엇인가가 동시에 공존하는 듯했다.

나는 가슴 벅찬 놀라움과 기쁨으로 하마터면 소리를 지를 뻔했다.

'나도 저 아름다운 손가락으로 이마를 얻어맞아 봤으면……'

그럴 수만 있다면, 이 세상의 모든 것을 그 자리에서 당장 내던져 버려도 좋을 것 같은 마음이 들었다.

어느새 엽총은 손에서 미끄러져 풀밭 위로 떨어졌다. 나는 모든 것을 잊은 채 그녀의 우아한 자태와 가느다란 목, 예쁜 손, 흰 머릿수건 밑으로 보이는 약간 헝클어진 블론드 머리, 반쯤 감겨진 반짝이는 눈과 속눈썹, 그리고 갸름한 볼……. 이런 것들을 정신없이 바라보고 있었다.

"이봐, 젊은 친구."

갑자기 누군가의 목소리가 아주 가까운 곳에서 들려왔다.

"남의 아가씨를 그렇게 훔쳐봐도 되나?"

난 너무 놀라서 몸을 움찔했고, 순간 정신이 아찔해졌다. 검은 머리를 짧게 깎아 올린 청년 하나가 바로 곁의 담장 너머에서 비웃는 눈초리로 나를 노려보고 서 있었다.

그 순간, 처녀도 내가 있는 쪽을 돌아보았다.

표정이 풍부하고 생기가 넘치는 얼굴에서 반짝이는 커다란 회색 눈동자가 내 눈으로 들어왔다. 이어서 얼굴 전체가 가늘게 떠는가 싶더니 밝은 미소가 피어올랐다. 반짝이는 하얀 이와 야릇하게 위로 치켜 올라간 눈썹이 참으로 인상적이었다.

난 그만 홍당무처럼 빨개진 얼굴을 얼른 숙이면서 풀밭 위에 떨어진 엽총을 집어 들었다. 그런 다음 두 손으로 얼굴을 가리며 도망치다시피 내 방으로 들어와서 침대에 몸을 던졌다.

심술궂은 것은 아니지만 커다랗게 웃는 웃음소리가 등 뒤에서 계속 나를 따라왔다.

나는 가슴이 마구 뛰었다. 몹시 부끄러웠지만, 한편으로는 기분이 좋았다. 나는 여태껏 경험해 본 적이 없는 야릇한 감정에 흥분해 있었던 것이다.

잠시 숨을 돌린 뒤, 나는 머리를 다시 빗고 옷을 매만진 다음 차를 마시러 아래층으로 내려갔다.

조금 전에 봤던 젊은 처녀의 모습이 눈앞에서 계속 아른거렸다. 심장은 숨 가쁜 고동을 멈췄지만, 어쩐지 기분 좋게 죄어드는 것 같았다.

"너, 어쩐 일이냐? 까마귀는 잡았니?"

아버지가 불쑥 물었다.

나는 아버지에게 모든 것을 이야기하려다가 꾹 참으며 그저 빙긋이 웃어 보이기만 했다.

그날 밤 잠자리에 들 때, 나는 무엇 때문에 그러는지 나 자신도 알 수 없었지만 한쪽 발을 쳐들고 제자리에서 세 번이나 빙그르르 돌았다. 그리고 포마드를 바르고 자리에 누웠는데, 밤새도록 죽은 사람처럼 늘어지게 잠을 잤다.

새벽녘에 잠시 깨었으나, 머리를 조금 쳐들고 환희에 찬 눈으로 주위를 잠깐 둘러보고는 다시 깊은 잠에 빠져들었다.

3

'어떻게 하면 저 집 사람들과 친해질 수 있을까?'

이튿날 아침 눈을 떴을 때, 내 머릿속은 온통 그 생각으로 가득 차 있었다.

나를 아침식사를 하기 전에 정원을 산책했지만, 담장 근처에는 가지 않았기에 아무도 만나지 않았다.

아침식사를 마친 다음 나는 별장 앞 큰길을 몇 차례나 왔다 갔다 하며 멀리서 옆집 창문을 힐끔거렸다. 그러다가 커튼 뒤로 그녀의 얼굴이 나타난 것 같아서, 나는 흠칫 놀라 급히 그 자리를 벗어났다.

'어떻게든 한번 사귀어봐야 할 텐데…….'

나는 네스쿠치느이 공원 앞에 넓게 펼쳐져 있는 모랫길

을 거닐며 생각에 잠겼다.

'그런데 어떻게 해야 가까워질 수 있을까? 그게 문제란 말이야.'

나는 어제 그녀와 만났던 장면을 하나도 빠뜨리지 않고 머릿속에 그려보았다. 특히 그녀가 나를 향해 웃음을 던지던 모습이 유난히 뚜렷하게 떠올랐다.

그러나 내가 두근거리는 가슴을 안고 여러 가지 방법을 궁리하고 있는 동안, 운명은 이미 나를 위해 그 기회를 준비하고 있었다.

내가 집에 없는 동안에 어머니는 새로 이사 온 이웃으로부터 편지를 한 통 받았다. 회색 종이에 써내려간 그 편지는 우체국의 통지서나 싸구려 포도주의 병마개 따위에 쓰이는 갈색 밀랍으로 봉인되어 있었다. 공작부인은 무식하기 짝이 없는 말투와 지저분한 필체로 쓴 이 편지에서, 자기를 보살펴달라는 청을 어머니에게 하고 있었다.

공작부인에 의하면, 자신들의 운명을 손아귀에 쥐고 있는 몇몇 유력 인사들이 어머니와 매우 절친한 사이라는 것이었다. 당시 그녀는 중대한 소송 사건에 휘말려 있었는데, 만일 그들의 도움을 받을 수 있다면 자신과 자기 자녀들의 운명이 달라질 수 있다는 것이었다.

'저는 품위 있는 숙녀로서……'라는 말로 시작된 편지에는 이렇게 적혀 있었다.

'역시 품위 있는 숙녀인 당신께 청을 드리고자 하는 것이며, 이 기회를 얻게 된 것을 진심으로 영광으로 생각하는 바입니다.'

그리고 편지 말미에다 그녀가 어머니를 방문하는 것을 허락해 주었으면 좋겠다고 간청하고 있었다.

내가 돌아왔을 때, 어머니는 마음이 편치 않은 것 같았다. 마침 아버지도 집에 계시지 않아서 의논해 볼 사람이 없었던 것이다.

게다가 '품위 있는 숙녀로서', 그것도 상대가 공작부인인 이상 답장을 보내지 않을 수도 없는 노릇이었다. 그러나 어떻게 답장을 써야 할지 몰라, 어머니는 망설이고 있었다.

프랑스어로 쓰는 것은 자연스럽지 않은 것 같았고, 그렇다고 러시아어 맞춤법에 자신이 있는 것도 아니었다. ― 어머니는 자기 실력을 잘 알고 있었기 때문에 망신을 당하고 싶지 않았던 것이다.

내가 집에 돌아오자 어머니는 유난히 더 반가워하면서,

바로 공작부인의 집을 방문하여 '어머니가 언제라도 힘자라는 데까지 부인을 도와드릴 용의가 있으며, 오후 한 시쯤에 우리 집에 오셨으면 한다.'는 말을 전하라고 했다.

나는 내가 은근히 품고 있던 소원이 뜻밖에도 빨리 이루어진 것이 몹시 기뻤고, 한편으로는 놀라웠다. 하지만 어머니에게는 이런 내색을 전혀 하지 않았다.

우선 새 넥타이와 프록코트로 갈아입기 위해 내 방으로 갔다. 나는 아직도 집에서는 더블칼라가 붙은 짧은 재킷을 입고 있었는데, 그것이 정말 싫어서 못 견딜 지경이었던 것이다.

4

　내가 무의식중에 온몸을 떨면서 비좁고 지저분한 별채의 현관으로 들어섰을 때, 거무죽죽한 구릿빛 얼굴에 돼지처럼 심술궂은 눈을 가진 백발의 하인과 마주쳤다. 그의 이마에서 관자놀이로, 여태껏 내가 한 번도 본 일이 없을 정도로 깊게 패인 주름살이 박혀 있었다.

　그는 뜯어먹다가 남은 청어 가시를 접시에 담아 가지고 나오다가, 사잇문을 발로 닫으면서 메마르고 갈라진 목소리로 물었다.

　"무슨 일로 오셨습니까?"

　"자세킨 공작부인을 뵈러 왔는데요. 계십니까?"

　내가 되물었다.

"보니파치!"

질그릇 깨지는 소리 같은 여자의 외침 소리가 안쪽에서 들려왔다.

하인은 아무 대꾸도 하지 않고 돌아섰다. 그가 등을 돌리자, 문장(紋章)이 그려진 장식 단추가 녹이 슨 채 하나밖에 남지 않은 몹시 낡은 정복이 눈에 띄었다.

그는 접시를 마룻바닥에 내려놓고 집 안으로 들어가 버렸다.

"경찰서에는 다녀왔나?"

조금 전에 들려온 그 여자의 목소리였다.

하인이 뭐라고 중얼거리는 것 같았고, 다시 여자의 목소리가 들렸다.

"뭐, 누가 왔다고?"

잠시 말이 끊기는가 싶더니, 다시 이어졌다.

"옆집 젊은 도련님 같다고? 그럼 어서 들어오시라고 해."

"어서 응접실로 들어오십시오."

다시 내 앞으로 온 하인이 마룻바닥에 놓인 접시를 집어 들며 말했다.

나는 옷깃을 매만지며 응접실 안으로 들어갔다.

내가 들어간 곳은 그리 깨끗하다고는 볼 수 없는 자그마한 방이었는데, 볼품없이 초라한 가구들이 제멋대로 놓여 있었다. 그리고 창가에는 한쪽 팔걸이가 떨어져 나간 안락의자가 놓여 있었는데, 거기에 쉰 살쯤 되어 보이는 강퍅한 인상의 부인이 앉아 있었다. 부인은 빛이 바랜 낡은 옷에다 알록달록한 털실로 된 숄을 목에 감고 있었으며, 머리에는 아무것도 쓰지 않았다. 그녀는 거무스름한 눈을 치켜뜬 채 나를 집어삼킬 듯이 쳐다보았다.

나는 부인에게로 다가가 머리 숙여 인사를 했다.

"실례합니다. 자세킨 공작부인이시죠?"

"네. 제가 자세킨입니다. 당신은 B씨의 아드님이신가요?"

"그렇습니다. 저는 어머니의 심부름으로 찾아왔습니다."

"아, 그러세요? 어서 앉으세요. 보니파치! 내 열쇠, 못 봤나?"

나는 자세킨 부인에게, 그녀가 보낸 편지에 대해 어머니가 전하라고 한 말을 차근차근 말했다.

그녀는 굵고 불그스름한 손가락으로 창문 언저리를 똑똑 두드리며 내 말에 귀를 기울이더니, 내 말이 끝나자 다시 한 번 나를 뚫어지게 쳐다보았다.

"대단히 고맙군요. 꼭 찾아가 뵙지요."

그리고는 한참 뜸을 들이다가 다시 입을 열었다.

"아직 나이가 별로 많지 않은 듯한데, 실례지만 올해 몇이지요?"

"열여섯입니다."

나는 무의식중에 말을 더듬으며 대답했다.

공작부인은 주머니에서 무엇인가를 하나 가득 써놓은, 손때가 묻은 서류를 꺼내더니 그것을 코 밑으로 바싹 가져다 대고 이리저리 뒤적이기 시작했다.

"참 좋은 나이군요."

그녀는 의자 위에서 이리저리 몸을 비틀기도 하고, 엉덩이를 들썩이면서 말을 계속 이어 나갔다.

"뭐, 그렇게 예의 차릴 필요 없어요. 마음 놓고 편히 앉아요. 우리 집에서는 누구나 허물없이 지내니까요."

나는 '이건 허물없이 지내는 게 아니라, 꼴사나운 모습 아닌가.' 하는 생각을 하며, 그녀의 혐오스러운 얼굴을 뜯어보기 시작했다.

그런데 그 순간 응접실에 붙은 한쪽 방문이 홱 열리더니, 어제 정원에서 봤던 그 처녀가 나타났다. 그녀는 손을 쳐들어 보이며 아는 체를 한 다음, 얼굴에 엷은 미소를 살짝 지어 보였다.

"이 애는 내 딸이랍니다."

팔꿈치로 처녀를 가리키며 공작부인이 말했다.

"지노치카, 이분은 이웃에 사시는 B씨의 아드님이시다. 그런데 실례지만, 이름이……?"

"블라디미르입니다."

나는 흥분한 나머지 자리에서 일어나 더듬거리며 대답했다.

"그럼 성은?"

"페트로비치입니다."

"아, 그래요! 내가 잘 아는 경찰서장이 한 분 있는데, 그분도 역시 블라디미르 페트로비치라는 이름이지요. 보니파치! 열쇠는 내 주머니 속에 있으니까 찾을 필요 없어."

처녀는 여전히 엷은 미소가 어려 있는 눈을 조금 가늘게 뜬 채 고개를 옆으로 비스듬히 기울이고서 나를 바라보고 있었다.

"난 벌써 무슈 볼리데마르(블라디미르를 프랑스어로 부른 것)를 만난 일이 있어요."

그녀가 입을 열자, 은방울을 굴리는 듯한 목소리가 달콤하면서도 차가운 느낌을 주며 내 등골을 스치고 지나갔다.

"당신 이름을 이렇게 프랑스식으로 불러도 괜찮죠?"

"좋을 대로 하십시오."

나는 굳어 버린 혓바닥으로 우물쭈물 대답했다.

"어디서 만났다는 거냐?"

공작부인이 물었다.

딸은 어머니의 물음에는 대답도 하지 않은 채, 내게서 눈길을 떼지 않으며 물었다.

"지금 바쁘세요?"

"아니오. 별로 바쁘지 않습니다."

"그럼 털실 감는 걸 좀 도와주실래요? 이리 오세요, 내 방으로."

그녀는 나에게 머리를 까딱해 보이고는 응접실에서 나가 버렸다. 나는 그 뒤를 따라갔다.

우리가 들어간 방 안에 놓인 가구는 그래도 좀 괜찮은 편이었고, 또 그것들은 아주 그럴듯하게 배치되어 있었다. 하지만 그 순간에 나는 무엇 하나도 자세히 살펴볼 여유가 없었다. 나는 마치 꿈을 꾸는 것처럼 몸을 움직이며, 우스꽝스러울 만큼 강렬한 행복감을 온몸으로 느끼고 있었기 때문이다.

그녀는 자리에 앉더니, 새빨간 털실 뭉치를 꺼내 들었다. 그리고 자기 앞의 의자에 앉으라고 손짓한 다음, 열심히 실 뭉치를 풀어헤치더니 그것을 내 양쪽 손에 걸어놓았다.

그렇게 하는 동안, 그녀는 벌려진 듯 만 듯한 입술에 여전히 밝으면서도 장난스런 미소를 띤 채 일부러 즐기듯이 느릿느릿 움직였다. 그녀는 낡은 트럼프 카드에다 털실을 감기 시작했다. 그러다가 무엇이라 표현할 수 없는 맑은 눈길로 재빨리 내 얼굴을 훑어보곤 했다.

나는 그 눈길이 너무 급작스러운데다가 눈부시게 밝아서 무의식중에 눈을 내리깔고 말았다. 반쯤 감은 것 같은 가느다란 눈이 어쩌다 동그랗게 떠질 때면, 밝은 빛이 가득 담긴 그녀의 얼굴이 신비롭게 변하곤 했다.

"어제 나를 보고 어떻게 생각하셨나요, 무슈 볼리데마르? 나를 좋지 않게 생각하셨죠?"

한참 동안 말이 없던 그녀가 물었다.

나는 너무나 당황해서 더듬거리며 대답했다.

"나는…… 나는 아무 생각도 안 했습니다……. 어떻게

내가 감히 그런 생각을……."

"내 말 좀 들어보시겠어요?"

그녀가 말을 받았다.

"당신은 아직 나를 잘 모르겠지만, 나는 참 이상한 여자예요. 저는 누구에게서나 진실만을 듣길 원해요. 당신이 열여섯 살이라는 말을 들었는데, 나는 스물한 살이에요. 당신보다 훨씬 나이가 많아요. 그러니까 당신은 언제나 나에게 진실만을 말해야 하고…… 또 내 말을 잘 들어야 해요."

그리고 그녀는 다시 덧붙였다.

"나를 좀 봐요. 왜 나를 보지 않지요?"

나는 더욱 어쩔 줄 몰라 하면서, 간신히 눈을 들어 그녀를 바라보았다. 그녀는 그런 나를 보며 살짝 웃어 보였는데, 그 미소는 아까와는 달리 호의가 담긴 것이었다.

"날 좀 보라니까요."

그녀는 목소리를 낮추며 부드럽게 말했다.

"난 누가 내 얼굴을 쳐다보는 걸 별로 불쾌하게 생각하지 않아요. 난 당신 얼굴이 마음에 들어요. 우린 아마 좋은 친구가 될 수 있을 것 같네요. 그런데 당신은 제가 마음에 들지 않나요?"

그녀가 애교 있는 목소리로 물었다.

"아가씨……."

나는 입을 열려고 애를 썼지만, 목소리가 잘 나오지 않았다.

"첫째, 이제부터 나를 지나이다 알렉산드로브나라고 불러줘요. 둘째로는 어린애가, 아니 젊은 남자가 자신이 느낀 걸 솔직하게 말하지 않는다는 건 나쁜 버릇이에요. 그건 나이 든 어른들이나 하는 짓이지요. 어때요, 내가 당신 마음에 들었나요?"

그녀가 나에게 이렇게 허물없는 태도로 말한다는 것은 무척 기쁜 일이었지만, 나는 은근히 비위가 상했다. 그래서 나는 내가 어린애가 아니라는 것을 그녀에게 보여주기 위해 될 수 있는 한 점잖은 표정을 지으며 입을 열었다.

"마음에 들다 뿐이겠어요, 지나이다 알렉산드로브나. 내가 당신을 좋아한다는 걸 숨기지 않겠습니다."

그녀는 천천히 고개를 끄덕여 보이더니, 갑자기 생각난 듯 느닷없는 것을 물었다.

"당신에게는 가정교사가 있나요?"

"아니요. 가정교사 없이 지낸 지 이미 오래됐어요."

이건 거짓말이었다. 내가 그 프랑스인 가정교사와 헤어진 지는 채 한 달도 지나지 않았던 것이다.

"아, 그래요? 그럼 어른이 다 된 셈이군요."

그녀는 내 손가락을 가볍게 토닥거렸다.

"손을 똑바로 들어요."

그녀는 이렇게 주의를 준 다음, 열심히 실을 감기 시작했다.

그녀가 눈을 들지 않은 것을 다행이라 생각하며, 처음에는 흘끗흘끗 몰래 보다 차츰 대담해져서 그녀의 모습을 찬찬히 살펴보기 시작했다.

그녀의 얼굴은 어제보다 더욱 예뻐 보였다. 어느 모로 보아도 섬세하고 총명하며, 매력적이었다.

그녀는 하얀 커튼을 드리운 창문을 등지고 앉아 있었다. 햇빛이 그 커튼을 뚫고 들어와 그녀의 부드러운 금발과 깨끗하고 흰 목덜미, 둥그스름한 어깨와 가냘픈 가슴을 부드럽게 비쳐주었다.

나는 그녀를 물끄러미 바라보았다. 그러는 동안, 어느덧 그녀는 내게 더없이 소중하고 더없이 친근한 존재가 되어버렸다. 나는 아주 오래전부터 그녀를 알고 있었던 듯했고,

또한 그녀와 알기 이전의 일은 모두 사라진 듯했다. 아니, 그 이전에 나는 이 세상에 존재하지도 않았던 것 같았다.

그녀는 낡아 보이는 검은 옷을 입고 앞치마를 두르고 있었다. 나는 그 옷과 앞치마의 주름을 하나하나 쓰다듬어 주고 싶었다. 그리고 치마 밑으로 살짝 나온 뾰족한 구두코에 경건한 자세로 무릎을 꿇고 이마를 대고 싶을 정도였다.

'난 지금 이렇게 그녀 앞에 있다.'고 생각했다. ─ '나는 드디어 그녀와 사귀게 되었다. 아, 얼마나 행복한 일이냐!' ─ 나는 가슴이 터질 듯한 환희에 넘쳐 하마터면 의자에서 벌떡 일어날 뻔했지만, 실제로는 마치 맛있는 음식을 먹고 있는 어린애처럼 두 다리를 버둥거렸을 뿐이었다.

나는 물속에서 헤엄치는 물고기처럼 즐겁고 행복해서, 이 방에서 나가고 싶지 않았다. 이제부터 영원히 이곳에 있고 싶었다.

그녀의 눈꺼풀이 살며시 위로 올라가는가 싶더니, 그녀의 맑은 눈이 내 앞에서 부드럽게 빛을 발했다. 그리고 그녀의 얼굴에는 여전히 엷은 미소가 배어 있었다.

"계속 나를 뚫어지게 바라보고 있었군요."

그녀는 느긋하게 말하면서, 마치 위협하듯이 손가락질

하는 시늉을 해보였다. 난 얼굴이 확 달아오르는 것 같았다.

'이 여자는 무엇이든 다 알고 있는 것 같다. 무엇이든 다 꿰뚫어보고 있지 않은가.'

순간, 이런 생각이 머릿속을 스쳐 지나갔다.

'그렇지, 보지 못할 리가 없지. 알지 못할 까닭이 없지.'

갑자기 옆방에서 무엇인가 '덜컹' 하는 소리가 나더니, 사벨(기병들이 사용하는 칼)이 철커덕거렸다.

"지나!"

응접실에서 공작부인이 부르는 소리가 들렸다.

"벨로브조로프 씨가 너에게 주려고 새끼 고양이를 가져왔구나."

"네? 새끼 고양이라고요!"

지나이다는 소리치며 의자에서 벌떡 일어나더니, 내 무릎 위로 털실 뭉치를 집어던지고 곧장 방에서 뛰어나갔다.

나도 따라 일어나서 실 뭉치와 꾸러미를 창가에 얹어놓았다.

그런 다음 응접실로 들어가려고 발걸음을 옮기다가 깜짝 놀라서 멈추고 말았다. 방 한가운데에 알록달록한 새끼 고양이가 다리를 벌리고 앉아 있었기 때문이다.

지나이다는 그 앞에 무릎을 꿇고 앉아 조심스럽게 고양이의 턱을 받쳐 들었다.

공작부인 옆에는 불그레한 얼굴에 눈알이 튀어나온 희끄무레한 곱슬머리의 경기병이 두 창 사이의 벽을 거의 차지하다시피 하고 서 있었다.

"아이 참, 어쩜 이렇게 예쁘고 귀여울까! 눈도 회색이 아니고 새파란데다가, 귀는 어쩌면 이렇게 클까! 빅토르 예고르이치, 정말 고마워요. 당신은 정말 친절한 분이세요!"

지나이다가 매우 기뻐하며 말했다.

나는 경기병이 어제 본 청년들 가운데 하나라는 것을 알 수 있었다. 그는 그저 빙긋이 웃으며 머리를 숙여 보였다. 그때 발꿈치의 박차가 부딪혀 짤깍 소리를 냈고, 사벨 자루도 철거덕 소리를 냈다.

"어제 귀가 큰 새끼 얼룩 고양이를 갖고 싶다고 하셔서……. 그래서 이놈을 구해 왔습니다. 당신의 말은 저에게 곧 법이니까요."

그는 이렇게 말한 다음, 다시 한 번 머리를 꾸벅 숙였다.

새끼 고양이는 가느다란 소리로 야옹거리며 방바닥을 핥기 시작했다.

"배가 고픈가 봐요."

지나이다는 호들갑을 떨며 소리쳤다.

"보니파치! 소냐! 우유를 좀 가져다 줘요."

낡아빠진 노란 옷에 색이 바랜 수건을 목에 두른 하녀가 우유 접시를 들고 들어와서 고양이 앞에 놓았다.

그러자 고양이가 꿈틀하고 몸을 떨더니 눈을 가느다랗게 뜨고 핥기 시작했다.

"어쩌면 혓바닥이 저렇게 빨갛지!"

지나이다는 마룻바닥에 닿을 정도로 머리를 숙이고, 고양이의 코끝을 옆에서 들여다보며 말했다.

고양이는 다 먹고 나자 배가 부른지, 건방진 폼으로 앞발을 들었다 놓았다 하며 가르랑거리기 시작했다.

지나이다는 자리에서 일어나 하인을 돌아보며 쌀쌀맞게 말했다.

"고양이를 저리 갖다 둬."

"고양이를 가져온 대가로, 당신의 손을……!"

경비병은 멋쩍게 웃으며 이렇게 말하고는, 새 군복이 꽉 끼는 건장한 몸을 으쓱하며 뒤로 젖혔다.

"양쪽 다!"

그에게 두 손을 내밀며 지나이다가 대답했다.

경비병이 그 손에 키스하고 있는 동안, 그녀는 그의 어깨 너머로 나를 바라보고 있었다.

나는 무얼 어떻게 해야 할지 몰라 그 자리에 꼼짝 않고 서 있었다. 웃어야 할지, 뭐라고 말을 해야 할지, 아니면 그대로 입을 다물고 잠자코 있어야 할지 분간할 수가 없었던 것이다.

그때 열린 현관문 너머로 우리 집 하인 표도르의 모습이 보였다. 그가 내게 손짓을 했다. 나는 반사적으로 그에게로 다가가 물었다.

"왜 그래?"

"마님께서 도련님을 불러오라고 해서요."

그는 낮은 목소리로 소곤거리듯이 말했다.

"마님께선 대답을 들었으면 빨리 온 것이지, 뭘 하고 있느냐고 화를 내고 계세요."

"무슨 소리야? 내가 뭘 얼마나 오래 있었다고 그래?"

"한 시간이 넘었어요."

"뭐? 한 시간이 넘었다고?"

나는 엉겁결에 하인의 말을 되뇌었다. 그리곤 바로 응접실로 돌아와서 인사를 한 다음 뒷걸음질쳐서 물러나오려고 했다.

"어디 가세요?"

경비병 뒤에서 얼굴을 내민 지나이다가 물었다.

"이젠 집에 가봐야겠습니다."

그리고 나는 공작부인을 바라보며 덧붙였다.

"그럼 그렇게 말씀드리겠습니다. 부인께서 오후 한 시에 저희 집으로 오신다구요."

"그래요. 그렇게 전해 줘요."

공작부인은 갑작스럽게 담뱃갑(코로 냄새만 맡는 담배임)을 꺼내 열었다. 그리고는 요란스럽게 코를 킁킁거렸다. 그 행동이 얼마나 천박스럽게 여겨지던지 다시 한 번 혐오감이 느껴졌다.

"그럼 그렇게 전해 줘요."

부인은 눈물까지 그렁한 눈을 껌뻑이며, 신음하는 듯한 목소리로 거듭 말했다.

나는 다시 한 번 머리 숙여 인사를 한 다음, 발길을 돌려 방을 나섰다. 누군가가 나의 뒷모습을 바라보고 있는 것 같은 어색한 느낌을 받으면서……

"무슈 볼리데마르, 자주 놀러 와야 해요."

지나이다는 이렇게 소리친 다음 다시 웃어대기 시작했다.

'저 여자는 뭣 때문에 저렇게 잘 웃는 걸까?'

난 아무 말도 없이 시무룩하게 내 뒤를 따르는 표도르와 함께 집으로 돌아오며 이런 생각을 했다.

어머니는 내게 잔소리를 해댔다. 그리고 공작부인 집에서 뭘 하느라고 그렇게 오래 있었는지 이상하게 여기는 것 같았다. 나는 어머니에게 아무 대꾸도 하지 않고 바로 내 방으로 올라갔다.

나는 갑자기 서러워져서 견딜 수가 없었다. 자꾸만 울음이 터져 나오려는 것을 간신히 참았다. 나는 그 경기병에게 질투를 느끼고 있었던 것이다.

5

공작부인은 약속대로 우리 어머니를 찾아왔으나, 어머니는 그녀가 별로 마음에 들지 않은 모양이었다.

나는 그 자리에 있지 않았지만, 저녁식사 시간에 어머니가 아버지에게 한 말에 의하면, 그 자세킨 공작부인은 '지극히 천박한 여자'로 보였다는 것이다. 그녀는 어머니한테 세르게이 공작에게 다리를 놔달라고 끈질기게 애원했다고 한다. 뿐만 아니라 무슨 소송이며 수상한 금전 문제에 두루 관계된 것처럼 보였는데, 그런 것으로 미루어보아 상습적인 사기꾼일 가능성이 있다는 것이다.

그렇지만 어머니는 내일 점심식사에 공작부인을 딸과 함께 초대했다고 한다.

'딸과 함께'라는 말을 들었을 때, 나는 접시에 코를 박듯이 고개를 푹 숙였다.

그러면서 어머니는 역시 이웃 간이고 지체 높은 사람인데, 무시할 수는 없지 않겠냐는 말을 덧붙였다.

어머니의 말을 듣고 있던 아버지는, 그 공작부인이 누군지 생각난다고 했다. 아버지는 젊은 시절에 세상을 떠난 자세킨 공작을 알고 있다고 하면서 다음과 같이 말했다.

자세킨 공작은 훌륭한 교육을 받기는 했지만 머릿속에 들어 있는 것이 없는 난봉꾼이었으며, 파리에서 오랫동안 살았기 때문에 사교계에서는 '파리지앵(parisian)'으로 통했다고 한다. 그리고 원래는 굉장히 부자였지만, 도박으로 전 재산을 탕진한 뒤 무슨 이유인지는 확실히 알 수 없지만 — 십중팔구 돈 때문이었겠지만 — 어느 하급 관리의 딸과 결혼했다고 한다. 아버지는 '좀 더 좋은 상대를 고를 수도 있었으련만.'이라고 하며 냉소를 띠기도 했다. 그리고 결혼 뒤에는 투기사업에 손을 대더니, 결국 빈털터리가 되어 버렸다는 것이다.

"제발 돈이나 빌리러 오지 않았으면 좋겠네요."

어머니가 걱정스러운 듯한 표정을 지으며 말했다.

"그럴 가능성이 아주 많지. 그런데 그 여자는 프랑스어를 좀 합디까?"

아버지가 침착한 어조로 말을 받았다.

"아뇨, 아주 엉망이에요."

"흠, 잘하든 못하든 우리와는 아무 상관없는 일이지. 그런데 그 집 딸도 함께 초대했다고 했지? 사람들이 하는 말을 들으니, 아주 예쁜데다가 상당히 교양 있는 아가씨라고 하더군."

"그래요? 딸은 어머닐 닮지 않은 모양이군요."

"그럴 거요. 아버지를 닮은 것도 아니고."

아버지가 대답했다.

"아버지라는 사람은 교육을 받기는 했지만, 좀 모자란 데가 있었거든."

어머니는 한숨을 내쉬더니, 뭔가 생각에 잠기는 것 같았다. 그러자 아버지도 입을 다물었다.

이런 상태에서 식사를 하는 동안, 내내 기분이 어색했다.

식사가 끝난 뒤, 나는 여느 때와 마찬가지로 정원으로 나왔으나 엽총은 들고 있지 않았다. 나는 속으로 오른쪽 별채 쪽으로는 가까이 가지 않겠다고 다짐했지만, 거역할 수 없는 어떤 힘이 나를 그리로 이끌었다. 그리고 그것은 헛일이 아니었다.

담장에 가까이 가기도 전에 나는 지나이다를 발견했다. 이번에는 그녀 혼자였다.

그녀는 두 손으로 책을 가볍게 받쳐 들고 오솔길을 산책하는 중이었는데, 가까이에 내가 있는 걸 눈치 채지 못한 모양이었다.

나는 그녀를 그냥 지나치려다가 마음을 고쳐먹고서 정신을 가다듬으며 헛기침을 했다.

그녀는 곧 돌아보았으나, 걸음을 멈추지는 않았다.

그녀는 둥근 밀짚모자에 늘어진 하늘색 리본을 한손으로 걷으며 나를 보고 생긋 웃어 보이더니, 다시 책으로 눈길을 떨어뜨렸다.

난 모자를 벗어들고 잠시 그 자리에 주춤거리며 섰다가, 실망스런 마음으로 발길을 돌렸다.

나는 무의식중에 'Que suis-je pour elle?'(나는 저 여자에게 무엇인가?)라는 말을 프랑스어로 중얼거렸다.

그때 귀에 익은 발걸음 소리가 뒤에서 들려왔다. 뒤돌아보니 아버지가 여느 때와 마찬가지로 가볍고 빠른 걸음으로 나를 향해 걸어오고 있었다.

"저 아가씨가 공작부인의 딸이냐?"

아버지가 물었다.

"네."

"넌, 저 아가씨와 아는 사이냐?"

"오늘 아침에 어머님 심부름으로 공작부인 댁에 갔다가
봤어요."

아버지는 멈춰 서다가, 갑자기 몸을 홱 돌리더니 오던
길로 되돌아갔다.

지나이다의 옆까지 다가선 아버지는 정중하게 머리 숙여
인사를 했다.

그녀도 역시 인사를 했으나, 무척 놀란 얼굴로 책을 든
손을 아래로 떨어뜨렸다.

난 그녀의 눈길이 옆을 지나가는 아버지를 따라가고 있
다는 것을 알아챘다.

아버지는 언제나 독특하면서도 고상하고 멋진 옷차림을
하고 있었다. 그러나 아버지의 모습이 이때처럼 맵시 있고
멋있게 보인 적이 없었다. 뿐만 아니라, 적당하게 숱이 빠진
곱슬머리 위에 얹혀 있는 회색 모자가 무척 잘 어울린다는

느낌을 받은 것도 이때가 처음이었다.

　나는 지나이다가 있는 쪽으로 다가가려 했으나, 그녀는 나를 거들떠보지도 않은 채 다시 두 손으로 책을 받쳐 들고는 저쪽으로 가 버리고 말았다.

6

　그날 저녁과 다음 날 아침 한때를, 비참한 심정에 빠진 나는 정신 나간 사람처럼 슬프고 멍한 상태에서 지냈다.

　이런 상태에서 벗어나기 위해 공부라도 해볼 생각을 하며 카이다노프의 강의록을 펼쳤지만, 큼직한 글씨로 쓰인 유명한 구절들이 눈앞에 어른거리기만 할 뿐 머리에 하나도 들어오지 않았다.

　그때의 느낌이 지금도 기억에 생생하다.

　'줄리어스 시저는 군인으로서 용기가 뛰어난 사람이었다.'는 구절을 열 번도 더 읽었다. 그렇지만 머릿속에 아무 것도 들어오지 않아 책을 던져 버리고 말았다.

　점심식사 전, 나는 머리에 또다시 포마를 바르고 넥타이를 맨 다음 프록코트를 입었다.

"너, 지금 뭐하는 거니?"

어머니가 물었다.

"아직 대학생도 아니고, 더군다나 시험에 붙을지 떨어질지도 모르면서……. 게다가 재킷을 맞춘 지 얼마나 됐다고, 벌써 그걸 벗어던지는 거냐?"

"손님이 오신다고 했잖아요."

나는 거의 절망에 찬 목소리로 나지막하게 중얼거렸다.

"말 같지도 않은 소린 그만두어라. 그게 무슨 손님이란 말이냐?"

어머니 말씀을 어길 수는 없었다. 난 할 수 없이 코트를 벗고 재킷으로 바꿔 입었지만, 넥타이만은 풀지 않았다.

약속시간 30분전에 공작부인과 그녀가 나타났다. 부인은 이미 내 눈에 익은 노란 숄을 걸치고, 새빨간 리본이 달린 구식 실내 모자를 쓰고 있었다.

그녀는 다짜고짜 수표 얘기부터 꺼내더니, 한숨을 섞어가며 자기의 곤란한 형편에 대해 늘어놓았다. 그리고는 체면 같은 것은 조금도 생각하지 않고 치근치근 애걸하는 것이었다.

또한 그녀는 자기 집에서 하는 것처럼 요란스럽게 담배를 코에 갖다 대고 냄새를 들이마시는가 하면, 의자 위에서 제멋대로 몸을 뒤틀었다.

그녀는 자신이 공작부인이라는 사실을 조금도 염두에 두지 않는 것 같았다.

반면, 지나이다는 오만하게 보일 정도로 공작의 딸다운 품위를 유지하고 있었다. 냉정하고도 엄숙한 표정이 깃들어 있는 그 얼굴은 좀처럼 움직일 줄 몰랐으며, 내가 알고 있는 그녀 특유의 눈길이나 미소를 전혀 찾아볼 길이 없었다. 물론 그녀의 새로운 표정도 아름답게 보였지만, 전혀 다른 사람처럼 느껴졌다.

그녀는 하늘색 깃이 달린 얇은 비단옷을 입고, 머리는 영국식으로 길게 땋아서 양쪽 볼 위로 늘어뜨리고 있었다. 이 머리 모양은 그녀의 차가운 얼굴 표정과 매우 잘 어울렸다.

아버지는 식사시간 내내 그녀 옆에 앉아서 품위 있고 조용한 태도로 그녀를 대접하고 있었다. 그러면서 이따금 그녀의 얼굴을 흘끔흘끔 바라보았다. 그녀도 가끔씩 아버지를 쳐다보곤 했는데, 그 눈길은 어쩐지 적의가 담긴 것처

첫사랑 51

럼 야릇하게 보였다.

아버지와 지나이다는 계속 프랑스어로 대화를 나누었다. 지금도 기억하고 있지만, 그때 지나이다의 발음이 어찌나 깨끗하던지 깜짝 놀랄 지경이었다.

공작부인은 식사 중에도 전혀 격식을 차리지 않은 채 덥석덥석 음식을 집어 먹으며 음식 솜씨를 칭찬했다.

어머니는 공작부인이 몹시 귀찮은 듯, 멸시하는 듯한 시무룩한 표정으로 마지못해 한두 마디씩 대꾸했다.

그리고 아버지는 이따금 눈에 띄지 않을 정도로 미간을 찌푸리곤 했다.

어머니는 지나이다도 마음에 들지 않는 모양이었다.

다음 날, 어머니는 이런 소리를 늘어놓았다.

"뭐가 그리 잘났다고, 그렇게 거만을 떨까. 내 참내. 그리제트(프랑스 하류 계급의 제대로 교육 받지 못한 어린 여자아이를 일컫는 말) 같은 얼굴을 해가지고……."

"당신은 그리제트를 본 일이 없지 않소?"

아버지가 핀잔을 주듯이 말했다.

"네, 보지 못한 게 정말 다행이죠."

"물론 다행일 거요. 그러나 본 일도 없으면서, 어떻게

52

그리제트 같으니 어쩌니 하는 말을 하는 거요?"

지나이다는 나에게 아무런 관심도 나타내지 않았다.

잠시 후 식사가 끝나자, 공작부인은 딸과 함께 돌아갈 채비를 했다.

"앞으로 두 분께서 잘 돌봐주시길 부탁드립니다. 마리아 니콜라예브나, 그리고 표트르 바실리예비치."

그녀는 어머니와 아버지에게 노래 부르는 듯한 어조로 말했다.

"어쩔 도리가 없군요. 한때는 좋은 시절도 있었지만, 다 흘러간 옛날 얘기죠. 물론, 나도 귀족이긴 하지만……."

공작부인은 볼썽사납게 웃으며 덧붙여 말했다.

"우선 입에 풀칠도 못할 형편이니, 공작부인이란 칭호가 무슨 소용이 있겠어요."

아버지는 공손히 인사한 뒤, 현관문까지 공작부인을 배웅했다.

나는 꽁지 빠진 잠자리 같은 재킷을 입은 채, 마치 사형선고를 받은 죄수처럼 그 자리에 꼼짝도 않고 서서 마룻바닥만 내려다보았다. 지나이다의 쌀쌀한 태도가 나를 실망시킨 것이었다.

그러나 그녀가 내 옆을 지나칠 때, 두 눈에 어제와 같은 상냥한 미소를 띠며 재빨리 속삭이는 것이 아닌가.

나는 어안이 벙벙해지면서 제정신이 아니었다.

"오늘밤 여덟 시에 우리 집으로 놀러 와요. 알았지요, 꼭 와야 해요."

나는 대답 대신 두 손을 들어 보였을 뿐이었다.

그녀는 하얀 숄을 머리 위에 뒤집어쓰더니 총총걸음으로 사라졌다.

7

여덟 시 정각, 나는 프록코트를 입고 앞머리를 높이 치
켜 올려 빗고는 공작부인이 살고 있는 별채 현관으로 들어
섰다.

어제 나를 맞아준 그 늙은 하인은 아주 못마땅한 눈초리
로 나를 바라보며, 마지못해 의자에서 엉거주춤 일어섰다.

응접실 쪽에서 떠들썩한 소리가 들려왔다. 나는 문을 연
다음 깜짝 놀라, 멈칫 하고 한 발자국 뒤로 물러섰다.

지나이다가 남자 모자를 들고 응접실 한가운데에 놓인
의자 위에 올라서 있었고, 다섯 명의 남자가 서로 밀쳐대며
그 주위를 에워싸고 있었다.

그들은 모자에 손을 집어넣으려고 발돋움을 하고 있었

으나, 그녀는 더욱 높이 치켜들고서 이리저리 마구 흔들어 댔다.

그러다가 그녀는 나를 발견하고는 소릴 질렀다.

"잠깐만 기다려요, 기다리세요. 여러분! 새로운 손님이 왔으니까, 저 사람한테도 표를 주어야 해요."

그녀는 의자에서 껑충 뛰어내리더니, 내 프록코트의 소매를 붙잡으며 말했다.

"자, 어서 들어오세요. 왜 이렇게 멍하니 서 있는 거예요? 여러분! 소개합니다. 이분은 우리 옆집 도련님인 무슈 볼리데마르예요. 그리고 이분은 ……."

그녀는 나에게 몸을 돌려, 손님 한 사람 한 사람을 소개시켜 주었다.

"마레프스키 백작, 이분은 의사 선생인 루신, 이분은 시인 마이다노프, 이분은 예비역 대위인 니르마츠키, 그리고 경비병 벨로브조로프, 이분은 한 번 본 적 있죠? 모두들 서로 친하게 지내시기 바랍니다."

나는 너무나 당황한 나머지 사람들에게 제대로 인사도 하지 못했다.

루신이라는 의사는 엊그제 정원에서 나에게 사정없이

무안을 준 바로 그 까무잡잡한 사람이라는 걸 알아차렸지만, 그 밖의 사람들은 모두 초면이었다.

"백작님! 무슈 볼리데마르에게 표를 만들어줘요."

"그건 불공평합니다."

백작은 폴란드 사투리가 조금 섞인 말로 대꾸했다.

그는 멋지고 사치스러운 옷차림을 하고, 검은 머리에 표정이 풍부한 밤색 눈과 희고 오똑한 코를 갖고 있었으며, 조그만 입 위로 가느다란 콧수염을 기른 아주 멋쟁이였다.

"이 사람은 우리들과 함께 내기를 하지 않았으니까요."

"불공평하고말고."

벨로브조로프와 예비역 대위라는 신사가 덩달아 맞장구를 쳤다.

마흔 살 전후로 보이는 대위는 형편없는 곰보 얼굴에다 흑인 같은 곱슬머리였으며, 등과 다리마저 구부정한 사람이었다. 그는 견장도 없는 군대 예복을 가슴까지 헤쳐 놓고 있었다.

"표를 만들라고 했잖아요! 내 말에 반항하겠다는 건가요? 무슈 볼리데마르는 여기 처음 왔으니까, 그런 규칙은 적용하지 않기로 해요. 잔말 말고 어서 내가 하라는 대로 표를 만드세요!"

지나이다가 짜증 섞인 목소리로 재촉했다.

백작은 어깨를 흠칫했으나 공손히 머리를 숙여 보이며, 반지를 여러 개 낀 하얀 손으로 펜을 들고 종잇조각에 이름을 써넣기 시작했다.

"그렇다면 볼리데마르 씨에게 설명을 좀 해야겠군요."

루신이 빈정대는 말투로 입을 열었다.

"지금 이분이 몹시 얼떨떨한 모양이라, 설명해 주지 않으면 안 될 것 같군요. 이봐요, 젊은이. 우리는 지금 내기를 하고 있소. 이 아가씨가 벌을 받게 되었는데, 우리 가운데 행운의 제비를 뽑은 사람이 그녀의 손에 키스를 하게 되는 거요. 내 말이 무슨 뜻인지 알아듣겠소?"

나는 그의 얼굴을 한 번 흘깃 쳐다보았을 뿐, 여전히 얼빠진 듯이 서 있었다.

그러는 동안 지나이다는 다시 의자 위로 올라가서, 조금 전처럼 모자를 흔들어대기 시작했다.

그러자 모두들 모자에 손을 뻗쳤고, 나 역시 그들이 하는 대로 따라했다.

"마이다노프 씨."

그녀는 그중 키가 큰 남자를 불렀다. 그는 야윈 얼굴에 조그만 눈이 근시처럼 보였으며, 검은 머리를 굉장히 길게 기르고 있었다.

"당신은 시인이니까 마음을 너그럽게 가져야 해요. 당신의 표를 무슈 볼리데마르에게 양보하면 어떨까요? 저분이 기회를 두 번 가질 수 있도록 말이죠."

그러나 그는 검은 머리채를 뒤로 젖히며 고개를 가로저었다.

나는 꼴찌로 모자 속에 손을 넣어 표를 한 장 집은 다음 펼쳐보았다.

아!

종잇조각에 쓰여 있는 '키스'라는 두 글자를 보았을 때의 내 기쁨은 무어라 표현할 수 없는 것이었다.

"키스!"

나는 엉겁결에 소릴 질렀다.

"브라보! 이분이 뽑혔어요."

지나이다가 내 말을 받아 소리쳤다.

"정말 잘됐어요."

그녀는 의자에서 내려오더니, 무어라 표현할 수 없이 맑고 달콤한 눈길로 내 얼굴을 들여다보았다. 내 가슴은 금방이라도 터져 버릴 것만 같았다.

"당신도 기쁘지요?"

그녀가 내게 물었다.

"나요……?"

내가 우물쭈물하자, 벨로브조로프가 갑자기 내 귀에 대고 말했다.

"그 표를 나에게 파십시오. 100루블 드릴게요."

내가 대답 대신 분노에 찬 눈초리를 경기병에게 던지는 것을 보고 지나이다는 손뼉을 쳤고, 루신은 "됐어!" 하고 소리를 질렀다.

"그러나 난 의전부장으로서 모든 규칙이 제대로 지켜지도록 감독할 의무가 있습니다. 무슈 볼리데마르, 한쪽 무릎을 꿇고 앉으시오. 우리들 사이에서는 그렇게 하기로 약속이 되어 있으니까."

지나이다는 내 앞에 서서 나를 좀 더 자세히 보려는 듯 고개를 약간 기울이며 한 손을 내밀었다. 나는 그저 눈앞이 빙글빙글 돌며 정신이 없었다.

한쪽 무릎을 털썩 꿇고는 몹시 어색한 동작으로 지나이

다의 손끝에 입술을 갖다 대려다가, 그녀의 손톱에 걸려 콧잔등을 가볍게 긁히고 말았다.

"그만!"

루신이 소리치며 나를 붙잡아 일으켰다.

게임은 계속되었다. 그리고 지나이다는 나를 줄곧 자기 곁에 앉게 했다.

그녀는 기가 막힐 정도로, 벌칙 게임을 잘 만들어냈다.

한번은 그녀가 '입상(立像)'의 흉내를 내야 하는데, 그때 그녀는 못생긴 니르마츠키를 발판으로 선택했다. 그러더니 그에게 무릎을 꿇은 다음 얼굴을 가슴팍에 대고 고개를 숙이라고 명령했다. 응접실 안은 한참 동안 웃음소리가 그칠 줄 몰랐다.

예의와 언행을 중시하는 귀족의 가문에서 태어나 엄격한 교육을 받아온 나로서는 떠들썩한 고함 소리와 체면이고 뭐고 없이 난폭하리만큼 들뜬 분위기, 여태껏 경험해 보지 못한 낯선 사람들의 기이함을 보게 되자 머리가 핑핑 돌 지경이었다.

나는 마치 술에 취해 정신이 나간 사람처럼 몹시 흥분해 있었다. 그래서인지 나는 다른 사람들보다도 더 큰 소리로 웃고 떠들어대기 시작했다.

무슨 의논할 문제가 있어 이베르스키 성문 근처에서 불러온 어떤 하급 관리와 옆방에서 이야기를 나누고 있던 공작부인까지도 내가 노는 꼴을 보려고 일부러 응접실로 왔을 정도였다.

그러나 나는 더없이 기분이 들떠서, 누가 나를 비웃든 흘겨보든 전혀 상관하지 않았다.

지나이다는 계속해서 나에게 우선권을 주어, 잠시도 나를 자기 곁에서 떠나지 못하도록 했다.

무슨 벌인가 받게 되었을 때, 나는 그녀와 나란히 붙어 앉아서 얇은 비단 숄을 함께 뒤집어썼다. 그때 나는 그녀에게 '비밀'을 털어놓아야 했다.

지금도 기억이 생생하지만, 우리 두 사람의 머리는 갑자기 은밀하면서도 향기로운 그리고 거의 투명한 어둠 속에 휩싸이게 되었다.

이 어둠 속에서 그녀의 눈동자가 얼마나 부드럽게 빛나던지, 나는 정신을 차릴 수 없었다. 그뿐인가. 약간 벌려진 입술 사이로 뜨거운 입김이 새어나왔고, 흰 이가 드러나 보였다. 그리고 그녀의 머리카락이 내 얼굴을 간질이면서

날 뜨겁게 달아오르게 했다.

난 숨을 죽인 채 잠자코 있었다. 그녀는 신비스럽기도 하고 귀엽기도 한 야릇한 미소를 띠고 있다가, 내게 이렇게 속삭였다.

"어때요, 네?"

그 말에 나는 얼굴을 붉히며 외면했지만, 거의 숨을 쉴 수 없는 지경이었다.

벌칙 게임에 싫증이 난 우리는 '줄 돌리기 게임'(둥그런 줄 안에 술래가 들어가 앉아서 그 줄을 돌리다가, 둘레에 선 사람의 손을 치면 맞은 사람이 술래가 되는 놀이)을 시작했다.

아……!

어쩌다 내가 정신을 딴 데 팔고 있다가 지나이다한테 따끔하게 손가락을 맞을 때면 나는 환희에 넘치곤 했다.

그다음부터 나는 일부러 멍청한 꼴을 하고 앉아 있었고, 그녀는 날 애타게 만들려는 듯 앞으로 내민 손을 건드리려고도 하지 않았다.

그러나 그날 저녁, 우리들의 놀이는 그것으로 끝난 것이 아니었다. 피아노를 치고, 노래를 부르고, 춤을 추고, 또 집시들의 흉내까지 냈다. 그리고 니르마츠키를 곰으로 가장시키고, 소금물까지 먹였다.

마레프스키 백작은 트럼프로 갖가지 묘기를 보여주었는데, 카드를 이리저리 뒤섞어 휘스트(트럼프 놀이의 일종)의 끝수가 제일 높은 카드들만 모두 자기 앞으로 오게 하는 묘기는 너무 신기했다. 그리고 루신은 마레프스키 백작의 묘기에 '찬사를 드리는 영광'을 가졌다.

또한 마이다노프는 자기가 지은 서사시 '살육시'의 한 구절인 '이 일은 낭만주의의 전성기에 일어났다'를 낭송했다. 그는 그 서사시를 곧 출판할 예정인데, 검은 표지에 붉은색으로 제목을 인쇄할 것이라고 했다.

그다음, 우리는 이베르스키 성문에서 온 관리의 무릎 위에서 모자를 슬쩍 빼내다가 그것을 돌려주는 대가로 그의 카자흐 춤을 감상했다.

또 하인 보니파치에게 부인용 모자를 씌우고 한바탕 웃기도 했으며, 지나이다가 남자 모자를 뒤집어쓰기도 했다.

이처럼 우리들의 놀이는 일일이 헤아릴 수 없을 정도로 끝이 없었다.

다만 벨로브조로프는 구석에 혼자 떨어져 앉아 잔뜩 화가 난 사람처럼 얼굴을 찌푸리며 우리들을 노려보았다. 그의 눈에는 핏발이 잔뜩 서 있었고, 얼굴은 벌겋게 달아올라 금방이라도 우리들에게 덤벼들어 우리 모두를 나무토막처럼 집어던질 기세였다. 그러다가도 지나이다가 한번 노려보며 손가락으로 위협하는 시늉을 하기만 하면, 이내 쑥 기어들고 마는 것이었다.

마침내 우리는 지칠 대로 지쳐 버렸다. 우리가 얼마나 소란을 피웠던지, 공작부인은 그녀 자신이 말하듯 아주 너그러운 성미여서 웬만해서는 싫은 내색을 하지 않았지만 그래도 역시 피곤함을 느꼈던지 좀 누워야겠다고 말했다.

자정이 가까워지자 밤참이 나왔는데, 오래되어 말라비틀어진 치즈와 햄을 다져넣은 다 식어빠진 피로그(고기만두와 비슷한 서양 요리)뿐이었다. 그러나 나는 그 피로그가 꿀맛이었다. 포도주는 한 병밖에 나오지 않았는데, 그나마 거무죽죽한 것이 마개 부근까지 부풀어 올라 있었다. 또한 붉은 포도주에서는 물감 냄새 비슷한 것이 풍겨 내용물이 의심스러울 지경이었다.

나는 거의 녹초가 된 상태에서, 정신이 몽롱할 만큼 행복감을 느끼며 별채에서 나왔다.

내가 그 집에서 나올 때, 지나이다는 내 손을 꼭 잡으며 또다시 뜻을 알 수 없는 미소를 지어 보였다.

무겁고 축축한 밤공기가 확확 달아오른 내 얼굴에 와 닿았다. 소나기라도 한바탕 퍼부을 것 같은 날씨였다. 검은 비구름이 뭉게뭉게 피어나서 윤곽이 연기처럼 변하더니, 순식간에 하늘을 뒤덮어 버렸다. 한 줄기 바람이 불어와 우중충한 나무들 사이에서 불안하게 몸부림을 쳤고, 지평선 저 멀리 어딘가에서 천둥소리가 성난 듯이 혼자 으르렁거렸다.

나는 집 뒤쪽에 있는 계단을 통해 살금살금 내 방으로 들어갔다. 나한테 딸려 있는 하인이 마룻바닥에 누워서 자고 있어서, 나는 그의 몸을 타고 넘어가지 않을 수 없었다.

하인이 잠에서 깨어 나를 바라보더니, 어머니가 또 화를 내며 나를 부르러 보내려는 것을 아버지가 말려서 겨우 무마시켰다고 했다.

나는 지금까지 어머니에게 밤 인사를 하지 않고, 축복의 말을 듣지 않은 채 잠자리에 든 적이 한 번도 없었다. 그렇지만 이번만은 어쩔 수가 없었다.

나는 하인에게 옷은 내 손으로 갈아입겠다고 말하고, 촛불을 껐다. 그러나 나는 옷을 갈아입지도 않았고, 자리에

눕지도 않았다.

나는 마치 마술에 걸린 사람처럼 한동안을 꼼짝도 하지 않고 앉아 있었다.

내가 느낀 감정은 너무나 새롭고 감미로운 것이었다. 나는 아무것도 둘러보지 않고 가만히 앉아 아주 조용히 숨을 쉬고 있었다. 다만 오늘 저녁에 있었던 일을 떠올리며 소리 없이 웃기도 하고, '내가 사랑에 빠졌나 보다. 이것이 바로 연애라는 것이구나.'라는 생각을 하며 흠칫 놀라기도 했다.

지나이다의 얼굴이 눈앞의 어둠 속에 조용히 떠올랐다. 그리고 언제까지나 사라지지 않고 어둠 속을 떠돌고 있었다. 그 입술은 여전히 뜻을 알 수 없는 미소를 띠고 있었고, 그 눈은 약간 한쪽으로 기울어진 채 무언가를 묻고 있는 것 같기도 했다. 혹은 깊은 생각에 잠긴 듯한 부드러운 눈길로 나를 바라보기도 했는데, 그 눈길은 아까 그녀와 헤어지던 순간과 똑같은 것이었다.

드디어 나는 의자에서 일어나 발꿈치를 들고 조심스럽게 침대로 걸어갔다. 옷도 갈아입지 않은 채 살그머니 베개에 머리를 얹었다. 마치 자칫 잘못 움직였다가는 내 마음속에 가득 찬 감정을 잃어버리게 될까봐 안심이 되지 않는다는 듯이…….

자리에 누워서도 나는 눈을 감을 생각조차 하지 않았다.

그리고 얼마 안 있어 희미한 엷은 빛이 자꾸만 방 안으로 비쳐 들어오는 것을 깨달았다.

나는 반쯤 몸을 일으켜 창문 쪽을 바라봤다. 유리 위로 창살이 신비한 윤곽을 그리며 그 모습을 확연히 드러내고 있었다.

'폭풍우구나.' 하고 나는 생각했다. 분명히 폭풍우였다.

그러나 어딘지 아주 먼 곳에서 오고 있는지, 천둥소리조차 들리지 않았다. 다만 무수히 가지가 뻗은 것 같은 기다란 번개가 쉴 새 없이 하늘을 가로지르며 창백하게 번쩍이고 있을 뿐이었다. 그것은 번쩍거린다기보다 차라리 숨이 끊어져 가는 새가 날개를 바들거리며 떨고 있는 것 같았다.

나는 자리에서 일어나 창가로 다가가 동이 틀 때까지 거기 서 있었다. ……번개는 잠시도 멎지 않았다.

그날 밤은 이른바 '참새의 밤'(7월 10일경으로, 번개와 천둥이 계속 치면서 비가 내리는 하지를 말함)이었다.

나는 벙어리처럼 침묵을 지키고 있는 모래톱과 네스쿠치느이 공원의 시커먼 건물들을 바라보고 있었다. 희미한 번갯불이 번쩍일 때마다 그 건물도 부르르 떠는 듯이 보였다.

　나는 눈길을 다른 데로 돌릴 수가 없었다. 소리도 없는 이 번갯불은 — 억제된 것같이 흐릿한 이 섬광은 마치 내 마음속에서 남몰래 불타오르고 있는 말없는 충동에 응답하는 것 같았다.

　날이 밝아오기 시작했다. 하늘은 온통 희뿌연 진분홍빛이었다. 해가 떠오를 시간이 가까워지자, 번개도 차츰 빛을 잃고 섬광도 짧아지기 시작했다. 전율마저도 차츰 잠잠해지고, 마침내는 태양의 찬란한 빛 속으로 온전히 사라지고 말았다.

　내 마음속의 번갯불도 사라졌다. 나는 말할 수 없는 피로감과 함께 평화로움을 느꼈다. 그러나 지나이다의 모습은 여전히 내 가슴속 깊은 곳에 자리 잡은 채 떠날 줄 몰랐다.

　다만 그 자태는 이제 조금 침착해진 것같이 보였다. 그것은 마치 연못가의 풀숲으로부터 물 가운데로 나온 백조처럼, 자기를 에워싸고 있던 보기 흉한 것들로부터 벗어난 것 같은 느낌이었다.

　그래서 나는 잠들기 전에 신뢰에 가득 찬 경외심을 담아 다시 한 번 그녀의 모습에 작별을 고했다.

오! 감동에 찬 영혼이 느끼는 그 부드러운 감정, 감미로운 목소리, 그리고 아름다움과 그윽함, 부드럽고 가슴 시린 첫사랑에 스며드는 행복과 기쁨이여!

그것들은 지금 어디에 있는가.

아, 지금 너는 어디 있는가!

8

이튿날 아침, 차를 마시러 아래층에 내려가자 어머니는 내게 잔소리를 했다. 하지만 각오했던 것보다 심하지는 않았다.

어머니는 전날 밤에 무얼 하며 지냈는지 말해 보라고 했다. 나는 자세한 것은 생략하고, 문제가 전혀 없는 것처럼 느껴지도록 간단하게 대답했다.

"어쨌든 그 사람들은 점잖지 못한 것 같구나."

어머니는 불쾌한 듯이 말했다.

"그러니 넌 괜히 그런 사람들과 어울려서 시간 낭비나 하지 말고, 시험 준비나 열심히 해라."

내 시험공부에 대해 어머니가 걱정을 한다고 해도 몇

마디로 끝나리라는 것을 알고 있었기 때문에, 어머니의 말에 대해 대답할 필요가 없다고 생각했다.

그러나 차를 마시고 난 다음 아버지가 내 팔을 붙잡고 정원으로 나왔다. 아버지는 내가 그 집에서 본 것을 모두 털어놓게 했다.

아버지는 나에게 기묘한 영향력을 갖고 있었고, 아버지와 나의 관계 또한 기묘한 것이었다.

아버지는 내 교육에 대해 아무 관심도 없었지만, 그렇다고 내 감정에 상처를 주는 일 같은 것도 하지 않았다. 어디까지나 나의 자유를 존중해 주었으며, 이런 표현을 해도 되는지 모르겠지만 아버지는 나에게 가끔은 예의를 차리기도 했다. 다만 아버지는 내가 자신 곁으로 가까이 다가서는 것만은 용납하지 않았다.

나는 그러한 아버지를 존경했고, 또 아버지에게 매혹되어 있었다. 내 눈에는 아버지야말로 내가 꿈꾸는 이상적인 남자였다.

자신에게 다가오지 못하도록 막아서는 아버지의 손을 느끼지만 않았다면, 나는 얼마나 열정적으로 아버지를 따르며 사랑했을까!

그럼에도 불구하고 아버지는 자신이 원하기만 하면 한마디의 말이나 손짓 하나로 한없는 신뢰감을 내 가슴속에 바로 불러일으킬 수 있었다. 그러면 내 영혼의 문은 순식간에 활짝 열려서, 현명한 친구나 스승을 대하는 것처럼 아버지에게 열심히 지껄여댔다. 하지만 아버지는 결국 나를 내팽개쳤다. 때로는 상냥하고 부드러운 손길이지만, 어쨌든 나를 떠밀어내는 손길임에는 틀림없었다.

아버지는 간혹 유쾌한 기분에 휩싸일 때가 있는데, 그럴 때면 마치 어린애처럼 나와 함께 장난을 치거나 뛰어노는 것을 마다하지 않았다. 아버지는 대체로 과격한 운동을 즐겼다.

언젠가 한 번 — 여태껏 단 한 번밖에 없었다. — 아버지는 무어라 표현할 수 없을 만큼 다정하고 부드러운 손길로 나를 감싸준 일이 있었는데, 나는 그때 하마터면 울음을 터뜨릴 뻔했다.

그러나 그 부드러움과 다정함은 순식간에 흔적조차 없이 사라져 버렸다. 조금 전에 두 사람 사이에 일어났던 일은 미래에 대한 아무런 희망도 기약할 수 없는 것이 되어 버린 것이다. 나는 마치 꿈을 꾸고 있었던 것처럼 허전함을 느껴야만 했다.

나는 가끔 이목구비가 수려하며 현명하게 생긴 아버지의 얼굴을 물끄러미 쳐다보곤 했다. 그럴 때면 가슴이 떨리면서 나의 몸과 마음이 송두리째 아버지에게 휩쓸려 들어가는 것 같았다. 그러면 아버지는 그런 내 마음속을 빤히 들여다보고 있다는 듯이 무심코 내 뺨을 가볍게 토닥거려주곤 했다.

하지만 이내 내 곁을 떠난다든지 그렇지 않으면 아버지 특유의 차가움과 신중한 태도로 금방 돌변해 버려서, 들떠 있던 나는 그만 위축되어 얼어붙기 일쑤였다.

어쩌다 한 번씩 아버지가 나에게 애정을 나타내는 것은, 금방 눈치 챌 수 있도록 끊임없이 무언으로 보내는 나의 애원에 대한 응답은 결코 아니었다. 그것은 언제나 예기치 않았던 때 갑자기 나타나는 것이었다.

훗날, 아버지의 성격에 대해 곰곰이 생각해 보게 되었을 때, 나는 다음과 같은 결론에 도달할 수 있었다.

― 아버지는 자신의 아들이나 가정생활에 신경을 쓸 만한 여유가 없었다. 그는 다른 어떤 것을 사랑했으며, 또한 그것을 마음껏 즐기고 있었던 것이다.

"자신이 가질 수 있는 것은 모두 가지는 거야. 결코 남에게 빼앗겨서는 안 돼. 오직 자기 자신에게만 속하게 하는 것, 그것이 인생의 묘미야."

언젠가 아버지가 나에게 해준 말이다.

또 한 번은 젊은 민주주의자의 입장에서 아버지와 '자유'에 대해 토론한 일이 있었다.

그날 아버지는 내 식으로 말하자면 '착한 아버지'여서, 난 아버지에게 무슨 말이든지 할 수 있었다.

"자유라……"

아버지가 이야기를 시작했다.

"너는 무엇이 인간에게 자유를 준다고 생각하느냐?"

"글쎄요. 무엇이지요?"

"의지야. 바로 자기 자신의 의지 말이야. 이것은 자유보다도 귀중한 힘을 인간에게 주지. 자기가 하고 싶은 일을 할 수 있다면, 자유로운 몸이 될 수 있지. 또한 명령을 내릴 수도 있고 말이야."

아버지는 무엇보다도 인생을 즐기고 싶어 했다. 그리고 정말 자신이 원하는 대로 살았다.

어쩌면 아버지는 자신이 '인생의 묘미'를 한껏 누릴 수

있을 만큼 오래 살지 못하리라는 것을 예감하고 있었는지
도 모른다. 실제로 아버지는 마흔두 살이라는 그리 많지
않은 나이에 세상을 떠나고 말았으니까.

나는 자세킨 공작부인 댁에서 있었던 일을 아버지에게
빠짐없이 말했다.

아버지는 벤치에 앉아서 채찍 끝으로 모래에다 무언가를
끼적거리면서 귀를 기울이는 것 같기도 하고, 혹은 귓전으
로 흘려버리는 것도 같은 무심한 태도로 내 말을 듣고 있었
다. 그러면서 간혹 웃음이 섞인 밝은 표정으로 나를 바라보
며 짤막한 질문을 던지기도 하고, 가끔은 내 말에 대꾸하면
서 나를 놀리기도 했다.

처음에 나는 지나이다의 이름을 입에 올리는 것조차 용
기가 없어 망설였지만, 그렇다고 끝내 입을 다물고 있을
수도 없는 노릇이어서 그녀에 대한 찬사를 늘어놓기 시작
했다.

아버지는 시종일관 입가에 웃음을 띠고 있었으며, 잠시
무언가를 생각하는 듯한 표정을 짓다가 기지개를 켜며 자
리에서 일어났다.

나는 아버지가 집에서 나올 때, 말에 안장을 올려놓으라고 한 것이 생각났다.

아버지는 훌륭한 기마 선수여서, 사나운 말을 다루는 법에 대해 레리(미국의 말 조련사로, 난폭한 말들을 길들이는 방법을 소개한 사람) 씨보다도 훨씬 앞설 정도로 능란했다.

"아버지, 저도 따라가도 돼요?"

나는 용기를 내어 물었다.

"안 돼."

아버지의 대답은 단호했다.

아버지는 웃으면서 대답했지만, 그 얼굴에는 여느 때와 같은 냉담한 무관심이 깃들여 있었다.

"가고 싶으면, 너 혼자 가거라. 그리고 나는 말이 필요 없다고 마부한테 일러라."

아버지는 이렇게 말한 다음 등을 돌리더니 빠른 걸음으로 걸어가기 시작했다.

나는 그 뒷모습을 멍하니 바라보았다.

이윽고 아버지의 모습은 대문 밖으로 사라졌지만, 담장을 따라 움직이는 아버지의 모자가 지나이다의 집으로 들어가는 것이 보였다.

아버지는 그 집에서 한 시간도 못 돼 나왔으며, 곧바로 시내로 들어갔다가 저녁 무렵에 집으로 돌아왔다.

점심식사를 한 후, 나는 지나이다의 집으로 갔다. 응접실에 들어갔더니, 늙은 공작부인이 혼자 앉아 있었다.

부인은 내가 들어오는 것을 보고 있다가, 뜨개바늘 끝을 실내용 모자 안으로 찔러 넣어 머리를 긁적이면서 대뜸 진정서를 한 장 정서해 줄 수 없겠느냐고 물었다.

"네, 써드리지요."

나는 의자 모퉁이에 걸터앉으며 대답했다.

"될 수 있는 대로 글자는 큼직큼직하게 써줘요."

알아볼 수 없을 정도로 지저분하게 휘갈겨 쓴 종이 한 장을 건네주며 부인이 말했다.

"오늘 안으로 써줄 수 있을까요, 도련님?"

"네, 오늘 안으로 꼭 써드릴게요."

그때 옆방으로 통하는 문이 살짝 열리더니, 그 틈으로 지나이다가 얼굴을 내밀었다.

머리는 아무렇게나 뒤로 쓸어 넘겼고, 핼쑥한 얼굴은 수심에 차 보였다. 그녀는 커다란 눈으로 나를 차갑게 바라보더니, 그대로 문을 세차게 닫아 버렸다.

"지나! 얘, 지나이다!"

공작부인이 그녀를 급히 불렀다.

하지만 지나이다의 대답 소리는 들리지 않았다.

나는 공작부인의 진정서를 가지고 돌아와서, 그것을 쓰느라고 저녁 시간 내내 책상에 붙어 있어야 했다.

9

그날부터 나의 '미친 사랑'은 시작되었다.

지금도 기억에 생생하지만, 그때 나의 심정은 사회 초년생이 직장에 처음 들어갔을 때 느끼는 것과도 같은 그런 것이었다. 나는 이미 순진한 소년이 아니라, 사랑에 빠진 남자가 되었던 것이다.

또한 그날부터 나의 '미친 사랑'이 시작되었다고 했지만, 그것과 더불어서 나의 '괴로움'도 바로 그날부터 시작되었다고 할 수 있다.

지나이다가 곁에 없으면 나는 풀이 죽어 아무 생각도 나지 않았고, 일이 통 손에 잡히지 않았다. 머릿속은 온통 그녀에 대한 생각만으로 가득 차 있었으며, 하루 종일 아무

것도 하지 못하고 서성댔다. 그러다보니 점점 우울함에 빠져들었다.

설사 그녀가 곁에 있다고 해도 아무런 위로가 되지 못했다. 나는 질투심에 가득 차 있었으며, 나 자신이 하잘것없음을 의식하면서 공연히 시무룩해 하기도 하고, 혹은 노예처럼 굽실거리기도 했다.

그럼에도 불구하고 억제할 수 없는 어떤 힘이 나를 자꾸만 그녀에게로 끌고 갔으며, 나 자신도 모르는 사이에 행복의 전율을 느끼면서 그녀의 방으로 들어서곤 했다.

지나이다는 내가 자신을 사랑한다는 사실을 금방 눈치챘으며, 나도 그것을 숨기려 하지 않았다.

그녀는 나의 그런 감정을 재미있다는 듯이 놀리는가 하면 달래기도 하고, 때로는 괴롭히기도 했다.

자기 자신이 그 누군가에게 큰 기쁨이 되어주거나 깊은 슬픔의 원천이 된다는 것은 — 절대적인 힘을 행사하면서도 아무런 책임도 없는 원천이 된다는 것은 — 기분 좋은 일일 것이다.

하지만 반대 입장에 있는 나는 지나이다가 만지작거리는 말랑말랑한 밀랍과 같은 존재에 불과했다.

물론 나 혼자만이 그녀를 사랑하는 것은 아니었다. 그녀의 집을 드나드는 남자들 모두가 그녀에게 완전히 빠져 있었다. 그런 그들을 그녀는 꼼짝달싹 못하게 밧줄에 묶어 자기 발밑에 꿇어 엎드리게 했다.

그들의 마음속에 때로는 희망을, 때로는 불안을 불러일으키며 자기 마음대로 조종하는 것 ― 그녀는 그것을 '저희들끼리 서로 맞붙어 싸우게 하는 것'이라고 했다 ― 을 그녀는 무척 재미있어 했다.

그런데도 그들은 그녀를 거역할 생각은 꿈에도 하지 않고, 기꺼이 그녀에게 복종하고 있었다.

싱싱하고 아름다운 그녀의 몸에서는 요염함과 순진함, 교묘함과 단순함, 조용함과 발랄함이 뒤섞여 뭐라 말할 수 없는 특이한 매력이 발산되고 있었다.

그녀의 말 한마디, 그녀의 몸짓 하나마다 미묘하면서도 우아한 아름다움이 넘쳤으며, 그런 모든 것들은 그녀 특유의 독특한 생명력으로 자리 잡았다.

그녀의 표정 또한 항상 변하면서도 풍부하게 살아 움직였다. 그것은 냉소와 수심과 정열을 거의 동시에 나타내는 듯했다.

바람이 불면서 맑게 갠 날의 구름처럼, 그녀의 눈과 입술에는 여러 가지 감정이 가볍고 재빠르게 스쳐 지나가곤 했다.

지나이다의 숭배자들은 한 사람 한 사람 모두가 자신들이 그녀에게 꼭 필요한 존재라고 주장했다.

그녀가 이따금 '나의 맹수'라고 부르기도 하고, 어떤 때는 '내 사람'이라고 부르는 벨로브조로프는 그녀를 위해서라면 불 속에라도 기꺼이 뛰어들 만한 위인이었다. 지적 능력이 부족하고 그 밖의 재능에 자신이 없는 그는, 다른 남자들은 말로만 애정을 표시하는 데 지나지 않는다는 것을 상기시키려는 듯 끊임없이 그녀에게 청혼을 하고 있었다.

마이다노프는 그녀의 영혼 속에 있는 시적인 감성을 자극해 관심을 끌려고 했다. 문학을 하는 사람이면 거의 그렇듯이 그도 본래는 냉정한 성격이었지만, 그녀에게만은 불타는 자신만의 사랑을 맹세했을 뿐만 아니라 자기 스스로도 마음속에 다짐하고 있는 것 같았다. 그리고 헤아릴 수 없이 많은 시를 지어 그녀를 찬미하고, 몹시 어설프지만 감격 어린 투로 그 시를 그녀에게 낭송해 주곤 했다.

하지만 그녀는 그를 동정하면서도 한편으로는 경멸했다.

그녀는 그를 미덥지 않게 생각했으므로, 그가 진정을 토로한 시를 실컷 듣고 나서는 다시 푸슈킨의 시를 낭송하게 했다. 그녀의 말에 의하면, 그것은 탁한 공기를 정화하기 위해서라고 했다.

빈정거리기 잘하고 노골적인 말을 예사로 지껄이는 의사 루신은 그녀가 어떤 사람인가를 그 누구보다도 잘 알고 있었다. 그리고 그녀가 있건 없건 간에 그녀에 대한 비난을 서슴지 않았지만, 누구보다도 그녀를 사랑하고 있었다.

그녀는 그를 존경하고 있었으나, 그렇다고 특별하게 대접하지는 않았다. 때때로 그녀는 그 역시도 자신의 손 안에 있다는 것을 깨닫게 해줌으로써 기이하면서도 악의에 찬 기쁨을 맛보곤 했다.

언젠가 그녀는 내가 있는 자리에서 루신에게 이렇게 말했다.

"난 진정한 사랑이라는 걸 모르는 몹쓸 여자예요. 본디 배우의 소질을 타고났으니까요. 좋아요, 당신 손을 주세요. 내가 바늘로 찔러드릴 테니…… 그럼 당신은 이 젊은이 앞에서 모멸감을 느끼겠지요. 하지만 당신은 워낙 점잖은 분이라서 그냥 웃고 말 거예요. 안 그래요?"

루신은 홍당무처럼 빨개진 얼굴을 옆으로 돌리면서 입술을 깨물었다. 그렇지만 결국 손을 내밀었다.

　　그녀가 바늘로 콕 찌르자, 그는 진짜로 웃기 시작했다.

　　그러자 그녀는 꽤 깊이 바늘을 찔러 넣은 다음, 고통으로 초점을 잃은 그의 눈을 빤히 들여다보며 깔깔거리며 웃어대는 것이었다.

　　내가 가장 이해할 수 없었던 것은 지나이다와 마레프스키 백작의 관계였다. 그는 잘생긴데다가 매우 영리하고 재능이 많았지만, 왠지 믿음이 가지 않는 사람이었다.

　　열여섯 살밖에 되지 않은 내 눈에도, 그는 왠지 수상하고 사기꾼 같은 데가 있어 보였다. 그런데 눈치 빠른 지나이다가 그것을 깨닫지 못하고 있다는 것이 이상했다.

　　그러나 그녀는 이미 그의 그런 점을 알고 있으면서도, 그런 점을 별로 싫어하지 않는지도 모른다.

　　비정상적인 교육, 안정되지 않은 기묘한 교제와 습관들, 줄곧 옆에 붙어 있는 어머니, 가정의 불행과 무질서, 지나칠 정도로 허용된 무분별한 자유, 주위 사람보다 뛰어나다는 비뚤어진 우월감 — 이러한 모든 것이 그녀로 하여금 경멸하는 듯한 무관심한 태도와 자포자기적인 성격을 갖게 했는지도 모른다.

어떤 일이 생기더라도 — 보니파치가 와서 설탕이 다 떨어졌다고 하거나 좋지 않은 소문이 나돌아도, 혹은 손님들 사이에서 싸움이 일어나도 — 그녀는 곱슬곱슬한 머리칼을 흔들며 '무슨 상관이야.'라고 말할 뿐, 그리 신경 쓰는 기색을 보이지 않았다.

그 반대로, 나는 온몸의 피가 한꺼번에 머리로 치솟아 오르는 것 같은 느낌을 받는 경우가 종종 있었다.

한번은 마레프스키가 마치 교활한 여우처럼 살금살금 그녀에게 다가가, 우아한 태도로 그녀의 의자 등받이에 몸을 기대고 서서 아첨하는 듯한 미소를 띠며 그녀의 귀에 소곤거렸다.

그러자 그녀는 가슴에 두 손을 다소곳이 얹은 자세로 그를 찬찬히 쳐다보면서 고개를 흔들며 따라 웃는 것이 아닌가.

그럴 때는 정말이지 참을 수가 없었다.

언젠가 나는 용기를 내어 그녀에게 말했다.

"마레프스키 같은 사람을 드나들게 하는 이유가 뭔지, 알다가도 모르겠습니다."

"그분의 콧수염이 너무 귀엽고 멋있지 않아요?"

그녀는 아무렇지 않다는 듯이 밝은 목소리로 대답했다.

또 언젠가는 그녀가 내게 이런 말을 했다.

"혹시 당신은 내가 그분을 사랑하고 있다고 생각하는 건 아니죠? 하지만 그렇지 않아요. 나는 내가 내려다볼 수 있는 사람은 결코 사랑하지 않아요. 나를 꼼짝하지 못하게 정복할 수 있는 그런 사람이라야 하거든요. 그렇지만 그런 사람은 쉽게 만날 수 없겠죠. 어쩌면 다행인지도 몰라요. 난 누구의 손아귀에도 잡히지 않을 거예요, 절대로!"

"그렇다면 당신은 결코 아무도 사랑할 수 없겠군요?"

"그건 아니죠. 내가 정말 당신까지도 사랑하지 않는다고 생각하나요?"

그녀는 장난기 어린 말투로 이렇게 말한 다음, 자신의 장갑 끝으로 내 콧잔등을 살짝 건드렸다.

사실, 그녀는 나를 자기 마음대로 가지고 놀았다. 나는 지난 3주 동안을 거의 하루도 빠짐없이 그녀를 만났는데, 그동안 그녀는 온갖 방법을 다 동원하여 나를 골탕 먹였던 것이다.

그녀는 우리 집에 놀러오는 일이 거의 없었지만, 나는

그것을 섭섭하게 생각하지 않았다.

간혹 그녀가 우리 집에 오게 되면 마치 사교계의 교양 있는 숙녀나 공작의 딸로 돌변하곤 했는데, 나는 그것이 너무나 불편하게 여겨져서 그녀를 피하려고 했다. 뿐만 아니라, 어머니가 눈치챌까봐 항상 불안했다.

어머니는 지나이다를 별로 좋게 생각하지 않았으므로, 내가 그녀와 함께 있는 것을 못마땅하게 여기며 감시의 눈으로 바라보곤 했다.

반면, 아버지는 그리 두렵지 않았다. 아버지는 아무것도 눈치 채지 못한 듯이 나를 대해 줬기 때문이다. 그리고 아버지가 지나이다와 얘기를 주고받는 일이 그리 많지는 않았지만, 가끔 그런 경우가 생기면 아버지는 무척 특별하고 의미심장해 보이는 말을 건네곤 했다.

나는 공부도 독서도 그만두었다. 심지어는 산책과 승마마저도 중단해 버렸다. 마치 다리가 실에 묶인 딱정벌레처럼 별채 주위만 빙빙 돌았다.

나는 잠시도 그곳을 벗어나고 싶지 않았다. 하지만 그것은 불가능한 일이었다.

그런 나를 나무라는 어머니의 잔소리가 점점 심해졌고,

어떤 때는 지나이다가 나를 내쫓아 버렸기 때문이다.

그럴 때면 나는 방문을 걸어 잠그고 방 안에 틀어박혀 있거나, 정원 끝으로 가서 거기 있는 높은 석조 온실의 허물어진 곳으로 기어 올라갔다. 그리고는 큰길이 내다보이는 벽 위에 발을 늘어뜨리고 앉아 흔들거리면서 몇 시간이고 멍하니 앞만 바라보고 있곤 했다.

옆에서는 먼지투성이가 된 쐐기풀 위를 하얀 나비 몇 마리가 날개를 팔랑거리며 이리저리 날아다니고 있었다. 그런가 하면 날쌔 보이는 참새 한 마리가 가까운 데 있는 반쯤 부서진 붉은 벽돌 위에 내려앉아, 꼬리를 부챗살처럼 활짝 펴고는 신경을 자극하는 소리로 짹짹거렸다.

또한 아직도 나를 미심쩍게 생각하는 까마귀들은 앙상한 자작나무 꼭대기에 앉아, 이따금 생각난 듯 까옥까옥 울어댔다.

태양과 바람은 그 앙상한 나뭇가지를 조용히 움직였고, 바람을 타고 날아온 돈스코이 수도원의 종소리는 은은하게 울려 퍼졌다.

나는 가만히 앉아서 거기서 일어나고 있는 모든 것을 보고 또 들었다.

그러고 있노라면, 어떤 형용할 수 없는 묘한 감정에 사로잡히곤 했다. 그 속에는 기쁨과 슬픔, 미래에 대한 예감과 희망, 삶의 공포 같은 것들이 모두 뒤섞여 있었다.

하지만 나는 그때 그러한 것들을 이해하지 못했으므로, 내 마음속에서 들끓고 있는 그 모든 것을 단 하나의 이름으로 부르는 편이 훨씬 편했다.

'지나이다', 바로 그 이름이었다.

그렇지만 지나이다는 나의 이런 마음을 모르는 듯, 마치 고양이가 쥐를 가지고 노는 것처럼 나를 놀려먹고 희롱했다.

어쩌다 그녀가 나에게 조금이라도 친절하게 대해 주면 나는 금방 기쁨에 들떠 어쩔 줄 몰라 했고, 그러다가 갑자기 매몰차게 밀어내면 나는 금방 기가 죽어 버렸다. 그럴 때면 그녀에게 가까이 가지도 못했고, 얼굴도 제대로 쳐다보지 못했다.

지금도 기억나는 일이지만, 그녀는 며칠을 두고 계속 내게 차갑게 군 적이 있었다. 그때 나는 그야말로 겁쟁이가 되어 벌벌 떨었다. 별채에 들어갈 땐 겁먹은 얼굴로 안절부절 못했고, 집 안에 들어가서는 되도록이면 늙은 공작부인 옆에만 붙어 있으려고 했다.

그러나 공교롭게도 그때는 공작부인까지 화가 잔뜩 나서 고래고래 소리를 질렀다. 알고 보니, 수표 사건에 문제가 생겨서 벌써 두 번이나 경찰이 다녀갔던 것이었다.

하루는 담 옆을 따라 혼자 걷고 있다가 지나이다를 발견했다. 그녀는 두 손을 돌려 땅을 짚은 자세로 꼼짝도 않고 풀밭에 앉아 있었다. 나는 발소리를 죽여 살금살금 지나치려 했다. 그런데 그녀가 갑자기 고개를 들더니, 명령하듯이 내게 손짓을 했다.

나는 그 자리에 못 박힌 듯이 멈춰 섰다. 그녀의 손짓이 무엇을 의미하는지 몰랐기 때문이다.

그녀는 같은 손짓을 다시 되풀이했다. 나는 즉시 담을 뛰어넘어 기쁨에 넘쳐 그녀 곁으로 달려갔다.

그러나 그녀는 눈짓으로 오지 말라고 제지하고, 손가락으로 두어 걸음 떨어진 좁다란 길을 가리켰다.

나는 어떻게 해야 할지 몰라 어리둥절해 하며 길가에 털썩 주저앉았다.

그때 그녀의 얼굴은 너무나 창백했고, 얼굴 구석구석에는 극도의 슬픔과 피로의 빛이 뚜렷이 드러나 있었다.

그녀의 그런 모습에 너무 가슴이 아파, 나는 엉겁결에 중얼거렸다.

"무슨 일이 있었나요?"

지나이다는 아무 대답도 하지 않은 채, 손을 뻗쳐 무슨 풀인지를 한 움큼 뜯어서 입에 넣더니 이내 뱉어냈다.

그러다가 한참 후에 입을 열었다.

"당신은 진정으로 나를 사랑하죠? 그렇죠?"

나는 선뜻 대답할 수가 없었다. 사실 대답할 필요가 뭐 있겠는가.

"그렇지 않은가요?"

그녀는 여전히 나를 바라보며 같은 말을 되풀이했다.

"역시 그렇군요. 그 눈과 똑같이 생긴 눈이군요……"

그녀는 이렇게 뜻 모를 말을 하고는 잠시 생각에 잠기는가 싶더니, 별안간 두 손으로 얼굴을 감싸 안았다.

"난 모든 게 다 싫어졌어."

그녀가 낮은 목소리로 소곤거렸다.

"차라리 이 세상 끝으로 가 버렸으면……. 난 정말 견딜 수가 없어. 난 어떻게 해야 좋을지 모르겠어. ……아아, 나의 앞길엔 무엇이 기다리고 있을까? 아, 난 정말 힘들어……. 힘들어 미치겠어!"

"도대체 무슨 일이에요?"

나는 겁에 질린 목소리로 멈칫거리며 물었다.

지나이다는 대답 대신 그저 어깨를 흠칫해 보였을 뿐이었다.

나는 여전히 주저앉은 상태에서 비통한 마음으로 그녀를 바라보았다. 그녀의 말 한마디 한마디가 날카로운 비수처럼 내 가슴속에 파고들었다.

그 순간 나는 그녀의 슬픔만 없애줄 수 있다면, 기꺼이 내 생명도 바칠 수 있다는 생각을 했다.

나는 꼼짝 않고 앉아 그녀를 바라보았다.

그녀가 무엇 때문에 그렇게 괴로워하는지는 몰랐지만, 그녀가 견딜 수 없는 슬픔을 억제하지 못하고 달려 나왔다가 발목이라도 부러진 듯 땅 위로 쓰러지는 광경이 머릿속에 똑똑히 떠올랐다.

주위의 모든 것은 밝고 푸르렀다. 바람은 나뭇잎 사이에서 나지막이 속삭이다가, 이따금 지나이다의 머리 위로 뻗친 딸기나무 가지도 흔들어주곤 했다. 어디선지 비둘기들이 구구거렸고, 꿀벌은 듬성듬성 나 있는 풀 위를 낮게 날

아다니며 붕붕거렸다. 눈을 들면 푸른 하늘이 부드럽게 펼쳐져 있었다.

하지만 나는 무어라고 말할 수 없을 정도로 가슴이 답답하고 서글펐다.

"어떤 시든 좋으니, 시를 한 편 읽어주세요."

지나이다는 낮은 목소리로 말하며, 한쪽 팔꿈치로 얼굴을 받쳤다.

"난 당신이 시를 읊어주는 것이 좋아요. 마치 노래를 부르는 것 같지만, 그건 상관없어요. 그건 당신이 아직 젊다는 증거겠지요. '그루지야의 언덕에서'(푸슈킨의 시)를 들려주세요. 하지만 우선 편안하게 좀 앉아요."

난 앉은 자세를 편안하게 고친 다음 '그루지야의 언덕에서'를 읊었다.

"사랑하지 않을 수 없기 때문에……."

지나이다는 이 구절을 되풀이해서 따라 했다.

"이 구설이 가장 마음에 들어요. 시는 이 세상에 없는 걸 말해 주기 때문에 좋은가 봐요. 시는 이 세상에 존재하지 않지만, 존재하는 것보다 훨씬 아름답고 진실에 가까운 것을 들려주죠. ……사랑하지 않을 수 없기 때문에, 사랑하고 싫지 않다고 생각해도 하지 않을 수가 없는 걸요!"

그녀는 다시 입을 다물더니, 갑자기 자리에서 벌떡 일어났다.

"자, 가요! 마이다노프가 와 있어요. 그가 내게 시를 가져왔는데, 그냥 두고 나와 버렸어요. 그 사람도 지금 마음이 많이 상했을 거예요. 하지만 어쩔 수가 없어요. 당신도 언젠가는 알게 되겠지만……. 그렇다고 날 나쁜 사람이라고 욕하진 마세요!"

지나이다는 내 손을 잡더니, 갑자기 바쁜 듯이 뛰기 시작했다. 우리는 별채로 들어갔다.

마이다노프는 엊그제 출판되었다는 그의 자작시 '살인자'를 낭송하기 시작했지만, 나는 그것을 귀담아 듣고 싶은 마음이 들지 않았다.

그는 고함치듯 목청을 높여 사운각(四韻脚) 장단조의 시를 낭송했다. 각운은 뒤죽박죽이 되어 마치 여러 개의 작은 방울이 한꺼번에 울리는 것처럼 소란스럽게 이어졌다.

나는 잠시도 지나이다로부터 눈길을 떼지 않고 앉아, 그녀가 내게 말한 마지막 말의 뜻을 알아내려고 애를 쓰고 있었다.

혹시 남모를 연적(戀敵)이 있어,

뜻밖에 그대 마음을 사로잡은 것인가?

갑자기 마이다노프가 코 막힌 소리로 이 구절을 외쳐댈 때, 내 눈과 지나이다의 눈이 순간적으로 마주쳤다. 그녀는 눈길을 떨어뜨리며 살짝 얼굴을 붉혔다.

'왜 얼굴을 붉히는 걸까?'라는 생각과 함께 엄청난 놀라움에 빠진 나머지, 나의 온몸이 싸늘해졌다.

나는 이전부터 그녀에 대해 질투를 느끼고 있었지만, 바로 그 순간에 '그녀가 사랑에 빠졌구나.' 하는 생각이 번개처럼 내 머릿속을 스쳐지나갔다.

'아, 어쩌면 좋은가? 그녀가 누군가를 사랑하고 있으니……!'

10

나의 본격적인 고통은 그 순간부터 시작되었다.

나는 무척 애를 태우면서 그 가능성을 여러 가지로 생각해 보고, 또다시 고쳐 생각해 보았다. 그리고 가능한 한 그런 눈치를 보이지 않으려고 애쓰면서 끊임없이 지나이다의 일거수일투족을 살펴보고 있었다.

그녀에게 어떤 변화가 일어나고 있음이 분명했다.

그녀는 이전과는 달리 혼자서 산책을 하러 나가서는 몇 시간이고 헤매고 돌아다녔다. 그런가 하면 어떤 때는 자기 방에 틀어박혀 꼼짝도 하지 않았으며, 손님이 와도 나와 보지 않을 때도 적지 않았다.

이전에는 이런 일이 전혀 없었다. 나는 갑자기 무서울

정도로 날카로운 통찰력이 생겼다. 아니, 적어도 생긴 것 같았다.

'저 사람일까? 혹시 이 사람일까? 아냐, 아닐지도 몰라.'

그녀를 사랑하고 있는 남자들을 하나하나 머릿속에 그려 보면서, 나는 마음속으로 이렇게 자문하곤 했다.

그중에서도 마레프스키 백작 — 이것은 지나이다에게 수치스런 일이지만 — 이 다른 누구보다도 유력한 인물일 거란 생각이 들기도 했다.

그러나 나의 통찰력은 내 코끝에서만 맴도는 정도였으며, 또 내가 은밀하게 그녀를 정탐한다는 사실을 몇몇 사람이 눈치 챈 것 같았다.

특히 의사인 루신은 내 속을 빤히 꿰뚫어보고 있었다. 그런데 공교롭게도 루신 자신도 태도가 달라져 있었다. 그는 눈에 띄게 얼굴이 수척해졌고, 예전처럼 잘 웃기는 했지만 왠지 그 웃음이 공허하면서도 악의에 찬 느낌을 주었다. 또한 이전의 가벼운 풍자나 일부러 꾸민 듯한 노골적인 야유는 어느새 참을 수 없을 정도의 신경질로 나타나곤 했다.

"여보게, 자넨 공부는 하지 않고 무엇 때문에 밤낮 이런 곳에 드나드는 건가?"

어느 날 공작부인의 집 응접실에 단둘이 남아 있게 되었을 때, 그는 내게 이렇게 물었다.

그때 지나이다는 산책하러 나가서 아직 돌아오지 않았고, 공작부인은 2층 방에서 버럭버럭 고함을 치고 있었다. 부인은 하녀를 야단치고 있는 것 같았다.

"자넨 지금 공부하는 데 전력을 기울여야 할 때 아닌가. 그런데 도대체 뭘 하고 있는 건가?"

"제가 집에서 공부를 하는지 하지 않는지 어떻게 아십니까?"

이런 내 대답에는 허세가 다분히 섞여 있었지만, 당황한 빛을 감추지는 못했다.

"공부는 무슨 공부야! 정신이 늘 딴 데 팔려 있는데……. 하지만 자네하고 이러쿵저러쿵하고 싶진 않네. 자네만한 나이엔 충분히 그럴 수도 있으니까. 그렇지만 자넨 상대를 너무 잘못 선택했어. 이 집이 어떤 집인지 자넨 모르겠나?"

"난 무슨 말씀을 하시는지 통 모르겠습니다."

나는 퉁명스럽게 대꾸했다.

"무슨 소린지 모르겠다고? 그래, 좋아. 하지만 난 자네한테 충고할 의무가 있다고 생각하네. 우리처럼 나이 든 독신자들이라면 이런 델 찾아다녀도 상관이 없지만, 자네는 아냐. 이미 쓴맛 단맛 다 본 사람들이야 뭐가 겁나겠나. 하지만 자넨 아직 어리잖나. 이 집 공기는 자네한테 이롭지 못하단 말이야. 내 말을 잘 들어두게. 전염될지도 모르니까."

"그건 또 무슨 말씀입니까?"

"말하는 그대로야. 그래, 자넨 지금 건강하다고 생각하나? 과연 자네의 감정 상태가 정상이라고 할 수 있느냔 말이야. 지금 자네가 느끼고 있는 그 기분이 자네한테 이로울 게 있냐고?"

"지금 내 감정 상태가 어떻다는 겁니까?"

나는 신경질적으로 그의 말을 되받았지만, 속으로는 그의 말이 옳다는 것을 인정하지 않을 수 없었다.

"이봐, 젊은 친구."

의사는 나에게 뭔가 몹시 모욕적인 말을 하려는 듯이 다소 비꼬는 말투로 말을 이었다.

"내게 그래 봐야 아무 소용이 없네. 자네가 누굴 넘겨짚을 수 있다고 생각하나? 안 될 말이지. 미안하지만, 자네 마음속에 있는 생각이 모조리 얼굴에 드러나 있단 말일세.

하기야 나도 자네에게 이런 소릴 할 입장은 못 되지만……. 나 자신도…… 만약……."

그는 잠시 말을 끊었다가, 이를 악물면서 속에서 나오는 말들을 겨우 밀어내는 것 같았다.

"만약 자네처럼 미친 인간이 아니라면, 이런 델 찾아다닐 리 없으니까. 다만 내가 이상스럽게 생각하는 건, 어째서 자네처럼 똑똑한 사람이 자기 바로 옆에서 일어나고 있는 일을 모르느냐는 거야."

"도대체 무슨 일이 일어나고 있다는 겁니까?"

나는 그의 말끝을 가로채며, 신경을 날카롭게 곤두세웠다.

의사는 비웃음과 동정이 뒤섞인 표정으로 물끄러미 나를 바라보았다.

"하긴 나도 좋은 사람은 못 되지."

그는 혼잣말을 하듯 중얼거렸다.

"어린 친구한테 이런 말까지 할 필요가 있겠는가. 한마디로 말하면……."

그는 점점 언성을 높이고 있었다.

"거듭 말하지만, 이 집 분위기는 자네한테 이롭지 못해. 자넨 재미있다고 느끼겠지만, 실은 그게 아냐. 온실 속에서도 기분 좋은 향기는 나지만, 그렇다고 그 속에서 사람이 살 수는 없는 거라네. 여보게! 내 말을 알아들었으면 지금부터라도 카이다노프의 교과서를 다시 들여다보게."

바로 이때 공작부인이 들어와서, 이가 아파 죽겠다면서 우는 소리를 했다. 그리고 곧 이어서 지나이다가 들어왔다.

"이봐요, 의사 선생!"

공작부인이 입을 열었다.

"저 애를 좀 나무라세요. 온종일 얼음물만 마시고 있으니……. 가뜩이나 위장도 좋지 않은 애가 대체 어떻게 되려고 저러는지 모르겠어요."

루신이 물었다.

"왜 그러는 겁니까?"

"뭐가 어떻다는 거예요?"

"뭐가 어떠냐고요? 그러다간 감기에 걸려서 앓다가 죽을 수도 있어요."

"정말요? 그렇게 되면 얼마나 좋겠어요? 요즘 같아선 오히려 죽는 게 나을지도 몰라요."

"원, 저런!"

의사가 중얼거렸다.

"원, 저런!"

지나이다가 의사의 말을 흉내 내며, 말을 이었다.

"산다는 게 정말 그렇게 재미있는 일인가요? 한번 주위를 둘러보세요. 뭐 신통한 게 있어요? 당신은 내가 아무것도 모르고, 아무것도 느끼지 못하는 인간이라고 생각하시죠? 난 얼음물을 마시면서 즐거움을 느껴요. 이렇게 말하면, 당신은 또 나에게 설교를 하겠죠. 순간적인 만족 때문에 일생을 희생해서는 안 된다고. 하지만 난 더 이상 행복이니 뭐니 하는 건 입 밖에 내기도 싫어요."

지나이다는 격해져서 자신의 심정을 토로했다.

"말하자면, 변덕과 고집……. 당신에겐 이 두 마디로 충분합니다. 당신의 성격은 이 두 마디에 모두 포함되어 있어요."

루신이 이렇게 말하자, 지나이다가 미친 듯이 웃어댔다.

"미안하지만 뭔가 잘못 짚었어요, 의사 선생님. 당신은 오진을 했다고요. 당신은 나이가 너무 들어 이제 안경을 써야 세상이 제대로 보이겠군요. 난 지금 변덕 같은 걸 부릴 만한 여유가 없답니다. 혹시 내가 당신들을 놀려주거나 내 자신이 바보짓을 한다고 해서…… 그런 게 뭐 재미있겠어요? 그리고 내가 고집은 또 무슨 고집을 부리겠어요? 무슈 볼리데마르……!"

그녀는 갑자기 무서운 눈으로 나를 노려보더니, 발을 동동 구르며 소릴 질렀다.

"제발 그렇게 슬픈 얼굴을 하지 말아요. 내가 제일 싫어하는 게 뭔지 알아요? 다른 사람이 날 동정하는 거예요."

그녀는 이렇게 말한 다음 총총걸음으로 나가 버렸다.

"좋지 않아. 이런 분위기는 자네한테 좋지 않단 말이야."

루신은 또 한 번 나에게 이런 말을 했다.

11

바로 그날 저녁에도 늘 오던 사람들이 자세킨 공작부인의 집에 모였는데, 나도 그 속에 끼었다.

그날의 화제는 마이다노프의 장편 시였다. 특히 지나이다는 진심으로 그 시를 칭찬했다.

"그러나 이건 어떨까요?"

그녀가 마이다노프에게 말했다.

"만일 내가 시인이라면 좀 더 다른 주제를 선택할 수 있을 것 같아요. 어쩌면 허무맹랑한 소리로 들릴지도 모르겠지만, 이따금 기이한 생각이 떠오를 때가 있어요. 이른 새벽, 하늘이 장밋빛이나 잿빛으로 물들어 가고 있을 때, 잠을 이루지 못하고 뜬눈으로 밤을 새웠을 때는 그런 생각이 한층 더 간절하죠. 이를테면, 내가 만일…… 이런 말을 하면 당신들은 나를 비웃을지도 모르지만……."

"천만에! 절대로!"

우리는 이구동성으로 일제히 외쳤다.

"나는 말예요……."

그녀는 두 손을 가슴 위에 얹고, 먼 곳을 조용히 응시하며 말을 이었다.

"한밤중에 고요한 강 위에서 커다란 배를 타고 있는 한 무리의 젊은 처녀들을 그릴 거예요. 흰 옷에 흰 화환을 쓴 처녀들은 은은하게 흐르는 달빛을 받으며 다 같이 노래를 부르거든요. 무슨 찬송가 같은 노래를 말예요."

"알 것 같아요. 알고말고요. 어서 다음을 말씀해 주십시오."

마이다노프가 의미심장한 말투로 맞장구를 치며 그녀의 말을 재촉했다.

"그러자 별안간 강 언덕에서 왁자지껄하는 소리와 커다란 웃음소리, 수많은 횃불이 타는 소리, 장구 치는 소리가 들려오지요. ……그건 바커스(로마 신화에 나오는 술과 축제의 신)의 여종들이 강가에서 소리 높이 노래 부르며 떼를 지어 달려오고 있는 장면이에요. 이런 정경을 묘사하는 건 시인인 당신이 맡아서 해야 할 일이에요."

마치 꿈꾸는 듯한 어조로 말을 하던 지나이다는 잠시 쉬었다가 말을 이었다.

"다만 내가 바라는 것은, 횃불은 붉디붉게 무서울 정도로 타오르면서 자욱한 연기를 내고, 바커스의 여종들 눈은 화환 아래서 반짝이고 있어야 해요. 그리고 화환은 거무스름한 빛깔이어야 해요. 그리고 호랑이 가죽이나 유리로 만든 잔을 잊어선 안 돼요. 그 밖에 금이 필요해요. 그것도 아주 많이⋯⋯. 이런 것들을 빼먹으면 안 돼요."

"그런데 금은 어디에 사용할 겁니까?"

마이다노프는 반들거리는 머리털을 뒤로 젖히면서, 분위기를 깨지 않으려는 듯이 재빨리 물었다.

"어디다 쓰냐고요? 금은 어디든지 사용할 수 있죠. 어깨에도, 손과 발에도, 팔과 다리에도⋯⋯. 옛날엔 여자들이 발목에 팔찌같이 생긴 걸 끼고 다녔다지 않아요. 바커스의 여종들이 배에 탄 처녀들을 자기 쪽으로 부르자, 처녀들이 찬송가를 뚝 그쳐 버리지요. 노래를 계속할 수가 없기 때문이에요. 처녀들은 꼼짝하지 못하고 가만히 있어요. 물결은 그들이 탄 배를 강 언덕 쪽으로 밀고 갑니다. 그런데 갑자기 그들 가운데 한 처녀가 조용히 일어나는 거예요. 이 장면은 특히 아름답게 묘사해야 해요. 처녀가 달빛 속에서 살며시 일어나는 모습이라든지, 그녀의 친구들이 매우 깜짝 놀라는 모습을……. 그 처녀가 뱃전을 넘어서자, 바커스의 여종들은 처녀를 에워싸며 낚아채듯 어둠 속으로 쏜살같이 사라져 버립니다. ……여기서 연기가 동그랗게 피어오르고, 모든 것이 아수라장으로 변해 버리는 광경을 그려야만 해요. 들리는 건 처녀들의 비명 소리뿐이고, 강둑에는 바커스의 여종들과 함께 사라진 처녀의 화환이 떨어져 있고……."

지나이다는 거기서 말을 멈추었다.

'아, 그녀는 사랑에 빠졌구나!'

나는 그녀의 모습을 보며 다시 이런 생각을 했다.

"그것뿐입니까?"

마이다노프가 물었다.

"네, 그것뿐이에요."

그녀가 대답했다.

그러자 마이다노프가 점잔을 빼며 말했다.

"그것만으로는 방대한 서사시의 주제가 될 수 없지만, 서정시의 소재로는 쓸 수 있겠군요. 좋습니다, 당신의 아이디어를 한번 살려봅시다."

"그거 참 낭만적인 작품이 되겠네요."

마레프스키 백작이 갑자기 끼어들며 무뚝뚝하게 말했다.

"물론 낭만적인 작품이 될 거요. 바이런(영국의 대표적인 낭만파 시인)의 시 같은……."

"하지만 내 생각으로는 위고(프랑스의 시인, 극작가, 소설가로 19세기 낭만파의 거두)가 바이런보다 좋은 것 같은데……."

젊은 백작이 말했다.

"그리고 더 재미있잖아요."

"위고야말로 낭만파의 거장이 아니겠습니까?"

마이다노프가 잘난 체하며 말을 받았다.

"제 친구 중에 소설을 쓰는 톤코세예프는 스페인을 배경으로 한 〈엘 트로바도르〉라는 소설에서……."

"아, 물음표가 거꾸로 된 책 말이지요?"

지나이다가 말을 가로챘다.

"그렇습니다. 스페인에선 그렇게 쓰더군요. 내가 말하려던 것은 톤코세예프가……."

지나이다가 다시 그의 말을 가로막았다.

"이것 보세요! 당신들은 또 낭만주의(19세기 초 유럽을 휩쓴 문예 사조로, 고전주의와 합리주의에 반대하고 인간의 감정과 개성을 중시함)니 고전주의(고전 문학과 미술을 계승하여, 간소와 조화 그리고 균형을 중시한 예술 사조)니 하는 얘길 꺼내려는 거죠? 그것보다는 차라리 게임이나 하죠."

"내기를 할까요?"

루신이 말을 받았다.

"아뇨, 내기는 재미없어요. 이건 어때요? 누가 비유를 그럴듯하게 하는가 하는, 비유 게임."

비유 게임은 지나이다 자신이 만들어낸 놀이였다. 하나의 사물을 정한 다음 모든 사람이 그것을 다른 사물과 비교하여, 그중 가진 멋진 비유를 생각해 낸 사람이 이기는 게임이었다.

그녀는 적당한 사물을 정하려고 애를 쓰다가, 갑자기 일어나 창가로 다가갔다. 해가 막 넘어간 뒤여서, 하늘에는 붉고 기다란 구름들이 높이 떠가고 있었다.

"저 구름은 무엇에 비유할 수 있을까요?"

구름을 바라보고 있던 지나이다가 물었다. 그리고 우리가 대답할 틈도 없이 자기가 먼저 말했다.

"나는 저 구름을 보니, 클레오파트라가 안토니우스를 맞이하러 갈 때 타고 간 황금배의 진홍빛 돛이 떠오르네요. 기억나요, 마이다노프? 얼마 전에 당신이 나한테 그 애길 들려주었지요?"

우리는 모두 〈햄릿〉의 폴로니어스처럼 저 구름은 정말 그때의 돛과 흡사하다고, 누구도 그 이상 근사한 비유는 생각해 내지 못할 것이라고 입을 모았다.

"그때 안토니우스는 몇 살이었나요?"

지나이다가 물었다.

"분명히 젊었을 겁니다."

마레프스키가 한마디 거들었다.

"그래요, 젊었었지요."

마이다노프가 자신 있는 말투로 확인해 주었다.

"미안하지만, 안토니우스는 당시 사십이 넘었었답니다."

루신이 큰 소리로 말했다.

"사십이 넘었다고요?"

지나이다가 루신 쪽을 흘낏 쳐다보며 밝은 목소리로 되

물었다.

얼마 뒤, 나는 집으로 돌아오면서 생각에 잠겼다.

'그녀에게 무슨 일이 일어나고 있는 것이 확실해. 그녀는 분명 사랑에 빠졌어.'

내 입술에서 나도 모르게 이런 말이 새어나왔다.

"그렇다면 상대가 누굴까?"

12

며칠이 흘렀다. 지나이다는 점점 더 이상하게, 차츰 더
알 수 없게 변해 갔다.

어느 날 그녀 방에 들어갔는데, 그녀는 등나무의자에 걸
터앉아 머리를 뾰족한 책상 모서리에 박고 있었다.

내가 들어서자 그녀가 갑자기 벌떡 일어났는데, 순간 난
놀라지 않을 수 없었다. 그녀의 얼굴이 온통 눈물로 젖어
있었던 것이다.

"아, 당신이었군요. 이리 좀 와요."

그녀가 잔잔한 미소를 띠며 말했다.

나는 그녀에게로 다가갔다.

그런데 그녀는 내 머리 위에 손을 얹더니, 느닷없이 머리

털을 움켜쥐고 비틀기 시작했다.

"아야!"

나는 참다못해 비명을 질렀다.

"아프세요? 그럼 아프지 않을 줄 알았어요?"

그녀는 미친 듯이 마구 소리를 질렀다.

"어머!"

내 머리에서 한 줌이나 되는 머리칼이 뽑혀 자기 손에 쥐어진 것을 보고, 지나이다는 소스라치며 놀랐다.

"내가 무슨 짓을 한 거야? 아, 가엾은 무슈 볼리데마르!"

그녀는 손을 조심스럽게 편 다음, 뽑힌 머리카락을 가지런히 모아서 반지 모양으로 손가락에 감았다.

"당신의 이 머리카락을 목걸이 메달에 넣어 늘 몸에 지니고 있을게요."

그녀의 두 눈에는 여전히 눈물이 그렁그렁했다.

"그렇게 하면, 당신 마음도 조금은 풀어질 수 있겠죠……. 그럼 오늘은 이만 돌아가 주세요."

나는 집으로 돌아왔다.

집에서는 별로 유쾌하지 않은 일이 나를 기다리고 있었다. 어머니가 아버지와 심하게 말다툼을 하는 중이었다.

어머니는 뭔가를 따지며 아버지를 비난하고 있었고, 아버지는 여느 때처럼 냉정하고 점잖은 태도로 침묵을 지키고 있었다. 그러다가 아버지는 참지 못하겠다는 듯이 밖으로 나가 버렸다.

난 어머니가 무슨 말을 했는지 잘 알아듣지도 못했고, 그런 것에 귀를 기울일 만한 정신적 여유도 없었다.

다만 지금도 기억하고 있는 것은, 아버지가 나가 버린 다음 나를 부른 어머니는 왜 그렇게 공작부인 집에 자주 드나드느냐고 꾸짖었다. 어머니 말에 의하면, 공작부인은 무슨 짓이든 못할 것이 없는 여자라는 것이었다.

나는 허리를 숙여 어머니 손에 키스하고 — 그것은 이야기를 중단시키려고 할 때마다 내가 쓰는 술책이었다. — 내 방으로 물러나왔다.

지나이다가 보인 눈물은 내 마음을 몹시 혼란스럽게 했다. 나는 도대체 무엇을 어떻게 생각해야 좋을지 갈피를 잡을 수가 없었다. 단지 그냥 울고 싶을 뿐이었다. 내 나이는 열여섯이나 되었지만, 난 역시 어린애에 지나지 않았던 것이다.

나는 마레프스키 백작 같은 자에 대해서는 더 이상 신경 쓰지 않았다.

물론 벨로브조로프는 날이 갈수록 더욱 험악한 표정을 지으며 마치 양을 노리는 늑대처럼 엉큼한 백작을 주시하고 있었지만, 난 더 이상 그에게 아무 관심도 두지 않았다.

나는 아무것도, 또 그 누구에 대해서도 생각하지 않았다. 난 이미 아무 성과도 얻지 못한 관찰을 포기하고, 갖가지 공상에 사로잡혀 한적한 장소만을 찾아다녔다. 특히 내 마음에 드는 곳은 반쯤 허물어진 그 온실이었다.

지금도 기억하지만, 당시 나는 기회만 있으면 그 높은 담으로 기어 올라가 그곳에 자리를 잡고 앉아 있곤 했다. 그곳에 앉아 우울과 고독 그리고 깊은 비애로써 온몸을 휘감은 채 자기 연민에 사로잡혀 있다 보면, 나 자신이 정말 이지 한없이 불행하게 여겨지는 것이었다.

하지만 이 쓰디쓴 느낌은 내게 적잖은 위안이 되었으며, 어느 때는 그 느낌을 즐기기까지 했다.

어느 날 내가 이 담장 위에 물끄러미 앉아 먼 산을 바라보며 종소리에 귀를 기울이고 있는데, 문득 무엇인가가 내 몸을 스치고 지나가는 것 같았다. 그것은 부드러운 바람보다도 더 부드러운, 거의 잡힐 듯 말 듯한 숨결 같은 어떤 존재에 대한 직감이었다.

나는 눈길을 아래쪽으로 옮겼다. 그러자 발아래에 있는 큰길에 연회색 옷을 입고 장밋빛 양산을 어깨에 걸친 지나이다가 총총걸음으로 걸어가고 있는 것이 보였다. 나는 반가움과 놀라움이 뒤범벅된 감정을 억누르고 있었다.

그런데 먼저 나를 발견한 그녀가 가던 걸음을 멈추더니, 밀짚모자의 챙을 들어 올리며 부드러운 눈길을 내게 보내는 것이었다.

"거기서 뭘 하고 있어요? 그 높은 담장 꼭대기에서……."
몹시 야릇한 미소를 띠며, 그녀가 물었다.

그러더니 '아, 그렇지.' 하면서 계속 말을 이었다.

"당신은 항상 나를 사랑한다고 맹세했었죠? 정말 나를 사랑한다면, 이쪽 길로 뛰어내려 봐요."

지나이다의 말이 채 끝나기도 전에, 마치 누군가가 등 뒤에서 떠밀기라도 한 것처럼 나는 벌써 아래로 뛰어내리고 있었다.

담장의 높이는 2사젠(1사젠은 약 2미터) 이상이었다. 나는 발부터 땅에 닿았지만, 충격이 너무 강해서 몸의 중심을 바로잡을 수가 없었다.

나는 땅바닥에 고꾸라져 한동안 의식을 잃고 말았다.

잠시 후 정신을 차렸을 때, 나는 눈을 뜨지 않은 상태에서도 지나이다가 곁에 있음을 느꼈다.

"아, 사랑스런 그대!"

내게로 몸을 숙이며 그녀가 나지막하게 속삭였다.

그 달콤한 목소리에는 걱정하는 마음과 상냥함이 깃들여 있었다.

"어떻게 이런 짓을……. 어쩌자고 내 말을 곧이듣느냔 말이에요. 나 역시도 당신을 사랑하고 있다는 걸 안다면, 제발 일어나요."

그녀의 가슴은 바로 내 가슴 가까이에서 숨 쉬고 있었고, 그녀의 손은 내 머리를 부드럽게 어루만지고 있었다.

그때 바로, 내게 무슨 일이 일어났던가!

그녀의 부드럽고 감미로운 입술이 내 얼굴 전체에 키스를 퍼붓기 시작했다. 그리고 드디어는 내 입술에도 닿았다.

그 순간 나는 여전히 눈을 감고 있었지만, 내 얼굴 표정에서 이미 의식이 돌아왔다는 걸 눈치 챈 지나이다는 재빨리 몸을 일으키며 이렇게 소리쳤다.

"자, 빨리 일어나세요! 이 장난꾸러기. 당신은 철부지예요. 어쩌자고 이런 먼지 구덩이 속에 그냥 누워 있는 거죠?"

내가 몸을 일으켰다.

"내 양산이나 집어줘요."

지나이다가 그만 가겠다는 투로 말했다.

"어쩜, 내가 저런 곳에 양산을 내동댕이쳤을까. 그리고 그런 눈으로 날 보지 말아요…… . 그런 어리석은 짓이 어디 있어요! 어디 다친 데는 없어요? 혹시 쐐기풀에 찔린 건 아닌가요? 아니, 날 쳐다보지 말라는데도…… . 이런! 이제 말귀도 못 알아듣나? 대답도 안 하네…… ."

그녀는 마치 혼잣말을 하듯 계속 중얼거렸다.

"무슈 볼리데마르, 어서 집에 가서 몸이나 깨끗이 씻어 요. 그리고 내 뒤를 따라올 생각은 절대 하지 말아요. 만약 따라오면 난 몹시 화를 낼 거예요. 그리고 다시는, 절대 로…… ."

그녀는 말을 채 끝내기도 전에 바쁜 걸음으로 가 버렸다.

나는 길 가운데 쭈그리고 앉았다. 다리가 말을 듣지 않았기 때문이다. 쐐기풀에 찔린 손이 뜨끔거릴 뿐만 아니라 등이 욱신욱신 쑤시고, 머리가 빙글빙글 돌았다.

그러나 그때 나는 평생을 통해 다시는 느껴보지 못할

행복을 느꼈다. 그것은 달콤한 고통이 되어 내 전신에 흘러 넘쳤으며, 급기야는 환희에 차서 펄쩍펄쩍 뛰며 소리치게 만들었다.

그랬다, 나는 아직 어린애에 불과했던 것이다.

13

그날 나는 하루 종일 기분이 몹시 유쾌했으며, 또한 자랑스러웠다. 내 얼굴에 쏟아지던 지나이다의 키스 감촉이 너무 생생한데다, 그녀의 말 한마디 한마디가 주체할 수 없는 환희로 되살아났기 때문이다.

나는 이 뜻하지 않은 행복을 아주 오래도록 간직하고 싶었다. 그래서인지 이런 새로운 감정을 느끼게 해준 그녀를 만나는 것이 왠지 두려웠다. 아니, 차라리 보지 않았으면 하고 바랄 지경이었다.

이제 더 이상 운명의 여신에게 바랄 것이 없다는 생각이 들면서, 단지 '마지막 숨결을 깨끗이 거두고 죽으면 그만이다.'는 심정으로 하루를 보냈다.

그러나 다음 날 별채로 가면서 나는 몹시 당황했다.

비밀을 지킬 자신이 있다는 것을 보여주려는 사람들이 흔히 그러하듯이, 조심스러우면서도 확신에 찬 조용한 표정으로 내 마음속의 움직임을 감추려 했지만 결론적으로 말해 그 노력은 허사였다.

지나이다가 아무런 동요의 빛도 보이지 않고 너무나 태연하게 나를 맞이했기 때문이었다.

그녀가 손가락으로 위협하는 듯한 시늉을 해보이며 어디다친 데는 없느냐고 묻는 순간, 나의 의젓하면서도 거리낌없는 태도와 신비스러운 어떤 기분이 순식간에 사라져 버렸다. 동시에 당황한 마음도 없어졌다.

물론 내가 지나이다에게 어떤 특별한 것을 기대하고 있었던 것은 아니지만, 그녀의 냉정하고 침착한 태도는 마치 내 몸에 찬물을 끼얹은 것 같은 느낌을 주었다.

그녀가 나를 볼 때, 나는 어린애에 불과하다는 것을 다시 한 번 깨달았다. 그 때문에 나는 괴로워서 견딜 수가 없었다.

지나이다는 괜스레 방 안을 왔다 갔다 하면서 나랑 시선이 마주칠 때마다 살짝 미소를 지어 보였다. 그러나 그녀의 정신이 다른 곳에 가 있음을 나는 분명히 알 수 있었다.

'내가 먼저 어제 얘기를 꺼내볼까?' '어제 어딜 그렇게 바쁘게 갔는지 한번 꼬치꼬치 캐물어볼까?'

이런 생각이 들었지만, 차마 그럴 용기가 나지 않았다.

나는 한 손을 휘저으며 풀이 죽은 모습으로 한쪽 구석에 가서 앉고 말았다. 그때 벨로브조로프가 들어왔다. 너무나 다행스럽게 여겨졌다.

"애를 써봤지만, 성질이 온순한 말을 구하지 못했습니다."

그가 무뚝뚝하게 말했다.

"프라이타크가 그런 놈을 구해 주겠다고 장담은 했지만, 좀 걱정이 됩니다."

"왜 걱정이 되는 거죠?"

지나이다가 물었다.

"왜라니요? 당신은 말을 탈 줄 모르지 않습니까. 혹시 무슨 일이라도 생기면 어떻게 합니까? 그건 그렇고, 왜 갑자기 말을 타겠다는 겁니까?"

"그런 것까지 참견할 필요는 없어요, 나의 맹수님. 그렇다면 표트르 바실리예비치에게 부탁하겠어요."

표트르 바실리예비치는 내 아버지의 이름이었다.

나는 그녀가 그렇게 아무렇지 않게 아버지의 이름을 입

에 올린다는 사실에 무척 놀랐다. 어디 그뿐인가. 아버지라면 언제든지 자신을 도와주리라고 확신하는 듯한 말투라니! 그저 의아할 뿐이었다.

"그렇습니까?"

벨로브조로프가 말을 받았다.

"당신이 함께 말을 탈 사람이 바로 그 사람입니까?"

"그분과 함께 가든 아니면 다른 사람과 함께 가든, 당신한테는 마찬가지겠지요. 하지만 당신하고 함께 가지 않는 것만은 확실해요."

"나와는 함께 안 간다고요?"

벨로브조로프가 말했다.

"그럼 마음대로 하십시오. 할 수 없지요. 어쨌든 난 당신을 위해 말을 구해 드리겠습니다."

"고마워요. 하지만 순한 말이라고 해서 늙은 암소 같은 놈을 끌고 오면 안 돼요. 분명히 말하지만, 난 마음껏 한번 달려보고 싶으니까요."

"아마 마음 내키는 대로 실컷 달릴 수 있을 겁니다. 그런데 대체 누구와 가는 겁니까? 함께 말을 달리고 싶다는 사람이 마레프스키입니까?"

"그 사람과 함께 탄다고 해서 안 될 것도 없잖아요, 맹수님! 그렇지만 걱정 마세요. 그렇게 눈을 번뜩일 필요 없어요. 당신도 데리고 갈 테니까요. 당신도 아시잖아요, 지금 마레프스키 같은 사람은 내 안중에 없다는 걸."

이렇게 말하며 그녀는 머리를 저었다.

"나를 위로하느라 괜히 해보는 소리겠죠……."

벨로브조로프가 투덜거렸다.

지나이다는 눈살을 찌푸리며 말했다.

"그런 말로 위로가 되나요? 오, 나의 맹수님! 참 딱도 하시군요."

지나이다는 이렇게 핀잔을 주고는 더 이상 할 말이 없는지 나에게로 말끝을 돌렸다.

"무슈 볼리데마르, 당신도 우리와 함께 가지 않겠어요?"

"나는 여럿이 어울리는 걸 좋아하지 않습니다……."

나는 눈을 밑으로 내리깔며 중얼거리듯 대답했다.

"아, 당신은 단둘이 있는 걸 좋아하죠? 좋아요, 자유를 구하는 자에겐 자유를 주고, 성스러움을 구하는 자에겐 천국을 주라는 말이 있으니까요."

그녀가 한숨을 내쉬며 말했다.

"그럼 벨로브조로프! 수고 좀 해줘요. 내일은 꼭 말이 필요하니까요."

"그런데 그 돈은 어디서 생기는 거냐?"

공작부인이 참견을 하자, 지나이다가 얼굴을 찡그리며 말했다.

"어머니한테 달라고 하지 않을 테니까 걱정하지 마세요. 저를 믿고 벨로브조로프가 빌려줄 거니까요."

"네게 빌려준다고? 네게?"

공작부인은 입속말로 중얼거리더니, 별안간 목청이 터지도록 큰 소리로 하인을 불렀다.

"두냐시카!"

"어머니, 제가 초인종을 드렸잖아요?"

지나이다가 몹시 못마땅하다는 듯이 부인에게 한마디 하자, 부인은 다시 한 번 더 큰 목소리로 하인을 불렀다.

"두냐시카! 어디 있니?"

벨로브조로프는 그만 돌아가려는 듯 작별 인사를 했다.

나도 그와 함께 물러나왔으나, 지나이다는 나를 붙잡을 생각이 전혀 없는 것 같았다.

14

다음 날, 나는 아침 일찍 일어나서 지팡이 하나를 만들어 가지고 성문 밖으로 나갔다. 멀리 산책을 나가면 슬픈 마음이 조금쯤 가시지 않을까 싶었던 것이다.

날씨는 더없이 화창했고, 상쾌하고 싱그러운 바람이 모든 것을 가볍게 흔들며 땅 위를 감돌았다. 무엇 하나 방해하지 않는 그런 바람이었다.

한동안 나는 산과 숲속을 돌아다녔다. 나는 나 자신이 몹시 불행하다고 여겨져서 마음껏 우울한 감상에 젖어봐야겠다고 생각하고 집을 나선 참이었다.

그러나 젊음, 상쾌한 날씨, 맑은 공기, 빠른 걸음걸이가 가져다주는 흐뭇함, 사람들로부터 멀리 떨어져 무성한 풀밭에 조용히 누울 때의 아늑함……. 이런 것들이 내 마음을 어느새 편안하게 가라앉혀 주었다.

어쨌든 지나이다가 나의 결단력과 영웅적 행동을 확실히 알았으리라고 생각하자, 괜스레 즐거워지는 것이었다.

어쩌면 '그녀는 다른 남자들에게 더 호감을 가지고 있는지도 모른다.'라는 생각이 들었다. 하지만 나는 이렇게 생각했다.

'그런 것은 걱정할 것 없어. 그 남자들은 단지 입으로만 이러쿵저러쿵 할 뿐이지만, 나는 실제로 행동으로 보여주지 않았던가. 더욱이 그녀를 위해서라면 그보다 더 어려운 일이라도 얼마든지 할 수 있다!'

나는 적들의 손에서 그녀를 구출해 내는 광경이라든가, 피투성이가 되어서 그녀를 감옥에서 빼낸 뒤 그녀의 발밑에서 죽어가는 장면을 상상해 보았다. 그러다가 나는 문득 우리 집 응접실에 걸려 있는 말레크 아델이 마델나를 안고 달리는 그림을 생각해 냈다.

그러나 어느새 가느다란 자작나무 줄기를 타고 기어 올라가는 커다랗고 알록달록한 딱따구리에게 정신이 팔리고 말았다. 딱따구리란 녀석은 마치 콘트라베이스의 잘록한 손잡이 뒤에서 얼굴을 내미는 악사처럼, 나무줄기 뒤에 숨어 불안스럽게 오른쪽 왼쪽을 번갈아가며 계속 주둥이를 내미는 것이었다.

나는 딱따구리가 노는 꼴을 보고 있다가 '눈은 희지 않도다'라는 노래를 부르기 시작했는데, 부르다 보니 그 당시 유행하고 있던 '산들바람 불어올 때 그대를 기다리네'라는 노래로 어느새 바뀌어 있었다.

그다음 나는 호마코프(19세기 러시아의 시인, 철학자)의 비극에 나오는 예르마크의 '별에 부치는 시'를 우렁찬 목소리로 읊기 시작했다.

그리고는 감정이 격해져서 시를 하나 지으려 했으며, 맨 끝 구절까지도 머리에 생생하게 떠올랐다.

그것은 '오, 지나이다! 지나이다!'였다. 그러나 결국 아무것도 만들어내지 못했다.

그러는 동안, 어느새 점심때가 되었다. 나는 어슬렁어슬렁 골짜기 쪽으로 내려왔다. 좁다란 모래밭 길이 구불구불한 골짜기를 따라 시내 쪽으로 뻗어 있었다. 나는 그 길을 따라 걷기 시작했다.

그런데 뒤쪽에서 희미한 말발굽 소리가 들려왔다. 나는

얼른 뒤를 돌아봤다.

그런데 내 눈에 들어온 것은 아버지와 지나이다의 모습이 아닌가.

난 나도 모르게 그 자리에 멈춰 서서 모자를 벗어 들었다.

두 사람은 말머리를 나란히 하여 달려오고 있었고, 아버지는 그녀에게 무슨 얘긴가를 하고 있었다.

아버지는 한 손으로 말의 목덜미를 누른 채 상체를 그녀 쪽으로 숙이고 있었는데, 그의 얼굴엔 조용한 미소가 감돌고 있었다.

지나이다는 약간 진지한 표정으로 눈을 내리깔고 입을 다문 채 잠자코 귀를 기울이고 있었다.

처음에 내 눈에 띈 사람은 둘뿐이었지만, 잠시 후에 골짜기 저쪽 모퉁이에서 경기병 제복을 입고 외투를 걸친 벨로브조로프가 거품을 입에 문 검은 말을 타고 나타났다. 그 말은 겉으로 보기에는 매우 늠름하게 생겼지만, 머리를 좌우로 내젓고 코를 벌름거리면서 마구 날뛰는 것으로 보아 무척이나 사나운 듯했다. 벨로브조로프는 고삐를 힘껏 당기고 박차를 가해 말을 진정시키느라 정신이 없어 보였다.

난 한옆으로 피해 버렸다.

아버지는 고삐를 고쳐 쥐며 지나이다에게 기울였던 몸을 바로잡았다. 그러자 그녀가 살며시 눈을 들어 아버지를 쳐다보았다.

이윽고 두 사람은 말을 달려 지나가 버렸다.

벨로브조로프는 사벨을 철거덕거리며 말을 달려 두 사람의 뒤를 쫓아갔다.

'벨로브조로프의 얼굴은 저렇게 시뻘건데, 그녀의 얼굴은 어째서 저토록 창백할까? 아침부터 대낮이 될 때까지 말을 달렸을 텐데, 저토록 얼굴이 창백하다니 웬일일까?'

머릿속에서 이런 생각이 끊임없이 오고갔다.

나는 걸음을 재촉하여 점심시간이 되기 조금 전에 집으로 돌아왔다.

아버지는 이미 말쑥하게 옷을 갈아입고 세수까지 끝낸 다음 어머니의 안락의자 옆에 앉아, 부드럽고 낭랑한 목소리로 어머니에게 평론지에 실린 시사성 있는 기사를 읽어주고 있었다.

하지만 어머니는 그리 신경 써서 귀 기울이고 있는 눈치가 아니었다. 그러다가 내가 들어온 것을 보고는 어디를 그리 쏘다니느냐고 물은 다음, 잘 알지도 못하는 사람들과

어울려서 아무 데나 돌아다니는 것은 질색이라며 꾸지람을
했다.

　나는 혼자서 바람을 쐬러 갔다 왔다고 대답하려다가, 아
버지와 눈이 마주치자 왠지 입을 열 수가 없었다.

15

  그 뒤 대엿새 동안 나는 지나이다를 거의 만나지 못했다. 그녀는 몸이 몹시 편치 않다는 것이었다. 그렇지만 그 집을 드나들던 남자들은 — 그들의 말에 의하면, 당직하러 가는 것이라고 했다. — 그런 것에 아랑곳하지 않고 계속 찾아와서 소란스럽게 떠들었다.

  그러나 마이다노프만은 예외였다. 그는 자신이 즐기던 감격의 기회가 없어져 버리자, 따분하고 떨떠름한 표정만 짓고 있었다.

  벨로브조로프는 양복 단추를 모조리 채우고 시뻘건 얼굴을 한 채 구석 자리에 시무룩하게 앉아 있었다.

  마레프스키 백작의 핼쑥한 얼굴에는 이따금 악의에 찬

미소가 감돌았다.

그는 지나이다가 자신을 싫어한다는 것을 알게 되자, 이번에는 공작부인의 비위를 맞추기에 여념이 없었다. 그래서 마차를 세내어 부인과 함께 모스크바 총독에게까지 다녀오기도 했다.

그러나 여행은 실패로 끝났고, 마레프스키는 불쾌한 일까지 당했다. 총독이 백작의 옛날 문제를 들춰냈던 것이다. 백작과 몇 명의 공병 장교들이 관련됐던 케케묵은 추문을 다시 거론했기 때문에, 그는 당시에 자신이 경험이 없어서 그랬노라고 변명을 늘어놓아야만 했다.

루신은 하루에 두 번쯤 찾아오긴 했지만, 예전처럼 오래 머무는 일은 없었다.

나는 얼마 전에 그의 충고를 받은 뒤부터 그를 대면하는 것을 꺼리긴 했지만, 한편으로는 진심으로 그를 따르게 되었다.

어느 날 나는 그와 함께 네스쿠치느이 공원으로 산책을 간 적이 있었다.

그는 나에게 매우 친절하고 부드럽게 대해 줬고, 갖가지 화초의 이름이라든지 특성을 설명해 주었다. 그러다가 불쑥, 그야말로 아닌 밤중에 홍두깨 격으로 자기 이마를 탁 치며 이렇게 소리치는 것이었다.

"아, 나 같은 바보가 어디 있을까! 지나이다를 머릿속에 든 것 없는 바람둥이라고만 생각하고 있었으니 말이야. 아마도 사람에 따라선, 자신을 희생하는 것에서 행복을 느낄 수도 있을 거야."

루신은 몹시 괴로워하는 듯했다.

"대체 무슨 말을 하는 겁니까?"

내가 물었다.

"자네한테는 아무 말도 하고 싶지 않네."

루신이 무뚝뚝하게 대답했다.

지나이다는 의식적으로 나를 피하고 있었다. 내가 나타나기만 하면, 몹시 불쾌해 하거나 역겨워하는 기색이 역력했다.

난 그것을 눈치 채지 않을 수 없었다. 그녀는 무의식중에 나한테서 얼굴을 돌리곤 했다.

나는 그것이 괴로웠고, 너무나 안타까워서 죽고 싶은 심정이었다. 그러나 달리 어쩔 도리가 없었다.

그래서 나는 될 수 있으면, 그녀 눈에 띄지 않도록 조심하면서 먼발치에서 그녀를 지켜보려고 했다. 하지만 그것도 뜻대로 되는 것은 아니었다.

그녀에게는 여전히 뭔가 짐작조차 할 수 없는 어떤 일이 일어나고 있었다. 지나이다는 얼굴은 물론이고, 모든 면에서 딴 사람처럼 변해 가고 있었다.

그녀의 이와 같은 변화가 특별히 나를 놀라게 한 것은 어느 조용하고 따뜻한 저녁의 일이었다.

나는 가지가 무성하게 자란 관목 아래에 있는 나지막한 벤치에 앉아 있었다. 난 이곳을 좋아했다. 거기서는 지나이다의 방 창문이 바라보였기 때문이다.

나는 꼼짝하지 않고 거기 앉아 있었다. 머리 위의 검푸른 나무 덤불 속에서는 새 한 마리가 분주하게 바스락거렸고, 회색 고양이 한 마리가 허리를 길게 펴고 살금살금 정원 안으로 기어 들어왔다.

이미 어두워지긴 했지만 그런 대로 아직 빛이 남아 있는 대기 속에서 때 이른 풍뎅이들이 윙윙거렸다.

나는 그대로 한자리에 앉아서 그녀의 방 창문을 바라보며 이제나저제나 그것이 열리기만을 기다렸다.

그리고 마침내 창문이 열리더니, 지나이다가 나타났다.

그녀는 흰 옷을 입고 있었는데, 그 얼굴이며 어깨며 손이며 할 것 없이 모두가 백지장처럼 파리했다. 마치 병자 같았다.

그녀는 한참 동안 꼼짝 않고 서서 약간 찌푸린 눈썹 아래로 앞만 뚫어지게 바라보았다. 나는 여태껏 그녀가 그런 얼굴을 하고 있는 걸 한 번도 본 적이 없었다.

그녀는 두 주먹을 힘껏 움켜쥐더니 주먹을 입술과 이마로 가져갔다. 그러다 갑자기 두 손을 펴서 귀를 덮고 있는 머리카락을 신경질적으로 쓸어 넘기며 머리를 확 젖혔다. 그리고는 뭔가를 결심한 듯 고개를 아래위로 끄덕이고 나서 창문을 거칠게 닫아 버렸다.

그렇게 그녀를 몰래 본 지 사흘쯤 지나, 정원에서 그녀를 우연히 만났다.

나는 한 옆으로 피하려 했으나, 그녀가 나를 불러 세웠다.

"손 좀 잡아줘요."

예전처럼 부드러운 목소리로 그녀가 말했다.

"꽤 오랜만이죠?"

난 그녀를 바라보았다. 그녀의 눈은 잔잔히 빛나고 있었고, 얼굴에는 마치 아지랑이 속에서 보는 것 같은 아늑한 미소가 감돌고 있었다.

"아직도 몸이 불편한가요?"

내가 물었다.

"아뇨, 이젠 다 나았어요."

그녀는 이렇게 대답하며, 장미꽃 한 송이를 꺾었다.

"좀 나른하긴 하지만 곧 괜찮아질 거예요."

"그럼 다시 예전처럼 대해 주시는 건가요?"

내가 물었다.

지나이다는 장미꽃을 얼굴로 가져갔다. 그러자 마치 붉은 장밋빛이 그녀의 얼굴을 물들인 것처럼 보였다.

"내가 예전과 많이 달라졌나요?"

그녀가 물었다.

"네, 많이 달라졌어요."

나는 혼자 중얼거리듯이 낮은 목소리로 대답했다.

"내가 당신한테 너무 쌀쌀맞게 굴었지요. 나도 알고 있어요."

지나이다가 다시 말을 이었다.

"하지만 너무 신경 쓰지 마세요. 나도 달리 어쩔 도리가 없으니까요. 또한 이제 와서 새삼스럽게 그런 얘길 해서 뭘 하겠어요……."

"내가 당신을 사랑하는 것이 싫다는 말이죠? 그 말이잖아요?"

나는 나도 모르게 격한 목소리로 소리쳤다.

"아니에요, 앞으로도 계속 날 사랑해 줘요. 다만 예전처럼 그렇게는 말고."

"그럼 어떻게?"

"우리, 친구로 지내요. 그러지 않으면 안 돼요."

내 코끝에 장미꽃을 갖다 대며 지나이다가 말했다.

"내 말 좀 들어봐요. 난 어쨌든 당신보다 나이가 훨씬 많아요. 어쩌면 아줌마뻘이 될지도 모른다고요. 정말이에요. 아줌마가 못 된다면 적어도 누님은 될 수 있겠죠. 그런데도 당신은……."

"당신 눈엔 내가 아직 어린애로 보일 겁니다."

나는 기분 나쁘다는 듯이 그녀의 말을 가로챘다.

"네, 맞아요. 하지만 내가 무척 사랑하는, 귀엽고 착하고 영리한 어린애죠. 그럼 이렇게 할까요? 오늘부터 당신은 내 시종이 되는 거예요. 시종은 늘 주인 곁을 떠나선 안 된다는 걸 잊지 마세요, 네? 자, 이걸 받아요. 이건 당신이 새로 받은 직위에 대한 징표예요."

그녀는 내 재킷 단추 구멍에다 좀 전에 꺾은 장미꽃을 꽂아주며 이렇게 덧붙였다.

"나의 총애를 받는다는 증거예요."

"하지만 이전에는 이것과 다른 총애를 받았었는데……."

나는 나지막한 목소리로 중얼거렸다.

"저런!"

지나이다는 곁눈으로 나를 쳐다보았다.

"기억력이 좋기도 하지. 좋아요, 그럼 할 수 없군요. 난 지금도 그럴 수 있으니까……."

그녀는 몸을 굽히더니, 내 이마에 순결한 키스를 했다. 나는 넋이 빠져 그녀를 멍하니 바라보았다.

"시종, 내 뒤를 따라와요!"

그녀는 재빨리 얼굴을 돌리며, 이렇게 말한 다음 별채 쪽으로 걸어갔다.

나는 지나이다의 뒤를 따라갔지만, 마음속에서는 의아한 생각이 줄곧 떠나지 않았다.

'이 의젓한 처녀가 정말 내가 예전에 알고 있던 지나이다 란 말인가?'

이런 생각이 계속 머릿속을 맴돌았다.

그녀는 걸음걸이조차도 얌전해진 것 같았다. 또한 그녀의 모습 전체에 예전과는 다른 위엄이 깃들어 있는 것 같았고, 더욱 우아해진 것같이 보였다.

아! 그때 내 마음속에서 그녀에 대한 사랑의 불길이 얼마나 거세게 불타올랐던가!

16

점심때가 지나자 별채에는 다시 손님들이 모여들었다. 그리고 지나이다도 그 자리에 나타났다. 내가 좀처럼 잊을 수 없는, 그 첫날 저녁에 모였던 멤버가 빠짐없이 모두 다 와 있었다.

니르마츠키까지도 어슬렁거리며 나타났다. 이날 누구보다도 먼저 나타난 사람은 마이다노프였다. 그는 몇 편의 새로운 시를 지어 가지고 왔다.

그러나 그날은 이전과 같은 이상한 장난이라든가 소란스러움 같은 건 찾아볼 수 없었다. 말하자면 집시풍의 요소가 모두 사라져 버린 것이다.

지나이다는 새로운 분위기를 만들어냈다. 나는 시종의

자격으로 그녀 곁에 앉아 있었다.

시간이 좀 지나자, 지나이다는 제비를 뽑은 사람이 자신의 꿈 얘기를 하자고 제의했다. 그러나 그것은 생각처럼 진행되지 않았다. 꿈 얘기라는 것들이 대체로 재미도 없을 뿐 아니라, 일부러 꾸며낸 것 같은 인상을 주는데다 억지스럽기까지 했기 때문이다.

가령, 벨로브조로프는 자신이 암말에게 잉어를 먹였더니, 암말의 머리가 나무토막으로 변해 버렸다고 했다.

또한 마이다노프는 꿈 얘기를 한답시고 옛날얘기에나 나올 법한 한 편의 소설을 들려주었다. 그의 이야기 속에서는 무덤이 나오는가 하면, 칠현금을 든 천사와 말하는 꽃, 아득히 먼 곳에서 들려오는 음악 소리 따위로 터무니없는 것이 대부분이었다.

지나이다는 그의 엉터리 이야기를 끝까지 들으려고 하지 않았다.

"이렇게 이야기를 꾸며낼 거라면, 아예 처음부터 제대로 지어내도록 해요. 그 대신 자신이 생각해 낸 얘기가 아니면 안 돼요."

그녀는 이렇게 말하며, 그의 말을 막아 버렸다.

아까와 마찬가지로 이번에도 벨로브조로프가 맨 먼저 이야기를 하게 되었다.

"난 아무것도 생각나지 않아요."

그는 몹시 당황했는지 소리를 버럭 질렀다.

"바보 같은 소린 집어치워요."

지나이다가 쏘아붙였다.

"그렇게 어렵게 생각할 거 없어요. 가령, 당신이 결혼했다고 상상해 봐요. 그러면 당신은 아내와 어떤 생활을 할 것인지, 그걸 우리한테 얘기하면 돼요. 당신은 아내를 방에 가둬둘 건가요?"

"그럴 겁니다."

"그리고 당신도 그 옆에 꼭 붙어 있겠지요?"

"당연하죠. 하루 종일 붙어 있을 겁니다."

"거 참 좋겠군요. 하지만 만약 당신의 아내가 싫증이 나서 당신을 속이고 배반한다면, 어떻게 할 건가요?"

"아마 죽여 버리고 말 겁니다."

"하지만 달아나 버린다면?"

"세상 끝까지라도 쫓아가서 죽여 버릴 겁니다."

"원, 저런! 정말 끔찍한 분이군요. 그런데 만일 내가 당신 아내라면, 그땐 어떻게 하시겠어요?"

"그때는 내가 자살하고 말겠습니다……."

지나이다는 이 말을 듣더니 웃음을 터뜨렸다.

"당신의 이야기가 길지 않을 거라고 생각했는데, 역시 그렇군요."

그다음 제비를 뽑은 사람은 지나이다였다. 그녀는 눈을 들어 천장을 바라보며 잠시 생각에 잠기는 듯하더니, 드디어 입을 열었다.

"그럼 얘기하겠어요. 난 이런 생각을 해봤어요. 아주 으리으리한 궁전을 상상해 주세요. 여름밤인데, 호화찬란한 무도회가 열렸어요. 무도회는 젊은 여왕이 베풀었는데, 무도회장은 온통 금과 대리석, 수정과 비단 같은 것들로 꾸며져 있었어요. 또한 등불과 다이아몬드, 아름다운 갖가지 꽃, 타오르는 향으로 가득 차 그야말로 호화로움이 극에 달해 있어요."

"당신은 화려한 것을 좋아합니까?"

루신이 물었다.

"네, 화려함은 아름다움이니까요."

그녀가 이렇게 대꾸했다.

"나는 아름다운 것이면 뭐든지 다 좋아해요."

"숭고한 것보다 아름다운 것이 더 좋단 말입니까?"

루신이 다시 물었다.

"어쩐지 빈정대느라고 묻는 말 같군요. 그런 건 난 잘 모르겠어요. 내 이야기를 방해하지 말아요. 어쨌든 무도회는 대단히 호화찬란해요. 많은 사람들이 모였는데, 모두가 젊고 훌륭하고 늠름한 사람들이었어요. 그리고 그들은 모두가 여왕을 진심으로 사모하고 있죠."

"손님 가운데 여자는 하나도 없습니까?"

마레프스키가 물었다.

"없어요, 아니 잠깐만요……. 아, 있기는 있어요."

"모두 못생긴 여자들이겠군요?"

"아니요, 대단한 미인들이에요. 그렇지만 남자들은 모두 여왕한테 반했거든요. 여왕은 늘씬하고 키가 큰데, 검은 머리 위에 조그마한 금관을 쓰고 있어요."

나는 순간 지나이다를 바라보았다.

내 눈에 비친 그녀는 어느 누구보다도 우아하게 보였고, 움직일 줄 모르는 잔잔한 눈썹과 흰 이마에서 더없이 빛나는 밝은 예지와 위엄이 흐르고 있었다. 그래서 나는 마음속으로 '당신이 바로 그 여왕입니다.'라고 생각했을 정도였다.

"그들은 모두 여왕을 둘러싸고, 저마다 있는 지혜를 짜내어 여왕의 마음에 들기 위해 온갖 찬사를 늘어놓는 거예요."

"그 여왕은 아첨을 좋아하나 보죠?"

루신이 물었다.

"참 짓궂으시군요. 번번이 남의 말을 가로채고……. 그야 비위를 맞춰줘서 싫어하는 사람이 어디 있겠어요?"

"마지막으로 한 가지만 더 묻겠습니다."

이번에는 마레프스키가 끼어들었다.

"여왕한테는 남편이 있습니까?"

"아 참, 거기까지는 미처 생각하지 못했군요. 없다고 해요. 남편이 무슨 필요가 있겠어요?"

"그렇겠지요."

마레프스키가 앵무새처럼 되뇌었다.

"남편이 무슨 필요가 있겠어요?"

"Slience(조용히)!"

프랑스 말에 서툰 마이다노프가 약간 어색한 발음으로 외쳤다.

"Merci(고마워요)."

지나이다가 능숙하게 프랑스어로 답했다.

"그래서 여왕은 그런 말들에 귀 기울이기도 하고 음악도 듣지만, 손님들에게 그 이상의 관심은 없어요. 그저 본 체만 체할 뿐이죠. 천장에서 마룻바닥까지 여섯 개의 창문이 활짝 열려 있는데, 그 너머로 커다란 별들이 반짝이는 밤하늘과 커다란 나무가 무성한 어두운 정원이 보입니다. 여왕은 물끄러미 정원을 내다보고 있어요. 나무들 근처엔 분수가 하나 있는데, 그것이 어둠 속에서 희끄무레한 모습으로 마치 유령처럼 길게 흐느적거립니다. 여왕은 사람들의 얘기와 음악 소리 사이에서도 조용히 흐르는 물소리를 듣습니다. 그리고 창문 밖을 물끄러미 바라보며, 이렇게 생각하죠.

'여러분, 당신들은 모두 고상하고 현명하며, 또한 부유한 분들입니다. 당신들은 나를 에워싸고 내 말 한마디 한마디에 전전긍긍하며, 그야말로 내 발밑에서 언제든지 죽어도 좋다고 생각하고 있습니다. 이렇듯, 나는 당신들을 지배하고 있습니다. ……그러나 저기 분수 옆에는, 저 찰랑거리는 물 옆에는 내가 사랑하는 사람이, 나를 지배하고 있는 사람이 기다리고 서 있습니다. 그분은 화려한 옷도 입지 않았고, 또 보석도 몸에 지니고 있지 않습니다. 아무도 그분을 아는 사람은 없습니다. 그리고 그분은 내가 나오리라는 것을 굳게 믿으며 나를 기다리고 있습니다.'

물론 나는 갈 것입니다. 내가 그분한테 가는 것을, 그분과 함께 있고 싶어하는 마음을 막을 수 있는 힘은 이 세상에 없습니다. 그래서 나는 저 어두운 정원으로 나가, 바스락대는 나뭇잎 소리와 찰랑거리는 물소리를 들으며 그분과 함께 자취를 감춰 버리고 말 것입니다."

지나이다는 순간 입을 다물었다.

"그런데 그것이 만들어낸 얘깁니까?"

마레프스키가 빈정거리는 말투로 물었다.

지나이다는 아예 그를 쳐다보지도 않았다.

"자, 여러분!"

루신이 불쑥 끼어들었다.

"만일 우리들이 그 손님들 가운데 끼어 있다가, 분수 옆에 서 있는 그 행운아에 대해서 알게 되었다면 어떻게 하겠습니까?"

"잠깐, 잠깐만요."

지나이다가 루신의 말을 막았다.

"여러분이 그런 경우에 어떻게 할 건지를 내가 말해 볼게요. 우선, 벨로브조로프 씨. 당신은 그 사람한테 결투를 신청할 겁니다. 그리고 마이다노프 씨, 당신은 풍자시를 쓸 거예요. 아니, 당신은 풍자시를 쓸 줄 모르니까 바르비예(19세기 프랑스의 시인) 식으로 장단음의 긴 시를 지어서 〈텔레스코프〉(당시의 잡지 이름)에 실을 거예요. 니르마츠키 씨, 당신은 그 사람한테 돈을 빌려달라고 할 거예요. 아니, 당신이 오히려 그 사람에게 높은 이자를 받는 조건으로 돈을 빌려줄지도 모르죠. 그리고 의사 선생, 당신은 ……."

그녀는 잠시 머뭇거리다가 말했다.

"글쎄요, 당신에 대해선 알 수 없어요. 대체 무슨 짓을 할까요?"

"나는 궁정 의사의 자격으로……."

루신이 잠시 말을 멈췄다가 얘기를 계속했다.

"이렇게 여왕에게 충고할 겁니다. '손님들을 접대할 기분이 아니라면, 무도회를 열지 않는 편이 좋을 겁니다.'라고."

"당신 말이 옳을지도 모르겠군요. 그리고 백작, 당신은?"

"나 말입니까?"

마레프스키가 역시 그 특유의 음흉한 미소를 띠며 되물 었다.

"당신이라면 그분께 독이 든 과자를 권하겠지요?"

지나이다가 이렇게 말하자, 마레프스키의 얼굴이 좀 일 그러지는 것 같더니 순간 유대인 같은 표정으로 바뀌었다. 하지만 이내 아무렇지 않다는 듯이 껄껄 웃어 버렸다.

"볼리데마르, 당신은 아마……. 아, 이젠 그런 얘긴 그만 두고, 다른 놀이를 하면 어떨까요?"

"볼리데마르는 여왕의 시종 자격으로, 여왕이 정원으로 나갈 때 그 치렁치렁한 치맛자락을 잡아드릴 겁니다."

마레프스키가 독기 품은 어조로 말했다.

나는 전신의 피가 머리끝까지 솟구쳐 오르는 걸 느꼈다.

그때 지나이다가 내 오른쪽 어깨에 가볍게 손을 얹으며 의자에서 일어났다. 그리곤 손가락으로 문 쪽을 가리키며 좀 떨리는 목소리로 말했다.

"백작, 나는 당신한테 그처럼 무례하게 굴 권리를 드린 적이 없어요. 그러니까 당장 이 자리에서 나가주세요!"

"아가씨, 정말 죄송합니다."

마레프스키는 파랗게 질린 얼굴로 중얼거렸다.

"아가씨 말씀이 옳습니다."

이번에는 벨로브조로프가 자리에서 일어나며 소리쳤다.

"나는 절대로 그런 뜻으로 말씀드린 것이 아닙니다."

마레프스키는 계속 변명을 해댔다.

"내가 한 말에는 조금도 그런 뜻이 없었습니다. 정말이지 당신을 모욕할 생각은 꿈에도 없었습니다. 혹시 잘못됐다면 용서해 주십시오."

차가운 눈길로 그를 쏘아보는 지나이다의 입가에는 비웃음이 담겨 있었다.

"그렇다면 그냥 있어도 좋아요."

그녀는 아무렇게나 손을 흔들어 보이며 말했다.

"하긴, 나나 볼리데마르 씨가 화까지 낼 필요는 없겠지요. 당신은 농담 삼아 좀 빈정거렸을 뿐일 테고…… 또 당신은 그런 걸 재미있어 하는 분이시니, 앞으로도 계속 그걸 즐기세요."

"용서하십시오."

마레프스키는 거듭 사과했다.

이 와중에 나는 조금 전의 지나이다의 태도를 다시 머릿속에 되새겨보았다.

설사 진짜 여왕이라고 하더라도, 무례하게 구는 사람에게 그보다 더 위엄 있고 품위 있는 태도로 문 쪽을 가리켜 보일 수는 없을 것이라는 생각이 들었다.

이런 사소한 사건이 있은 뒤, 내기 놀이도 오래가지 못하고 끝나 버렸다.

모두들 좀 겸연쩍은 얼굴을 하고 있었는데, 그것은 이 조그만 사건 때문이라기보다는 어떤 분명치 않은 답답한 느낌 때문이었다.

누구도 그것을 입 밖에 내지 않았지만, 모두들 자기 자신에게서 또는 다른 사람들에게서 그것을 느끼고 있었던 것이다.

그런 가운데 마이다노프가 자작시를 낭송했다.

그러자 마레프스키가 그 시에 대해 어색할 정도로 과장되게 칭찬을 늘어놓았다.

"저 친구, 이제 착한 사람처럼 보이려고 무진 애를 쓰는군 그래."

루신이 나에게 나지막이 속삭였다.

얼마 뒤 우리들은 각자 흩어졌다. 그것은 지나이다가 갑자기 깊은 생각에 빠져 버렸고, 공작부인이 하인을 통해 두통이 심하다는 얘기를 전해 왔으며, 니르마츠키가 신경통이 심하다고 우는 소리를 했기 때문이다.

나는 늦도록 잠을 이룰 수가 없었다. 지나이다의 얘기에 깊은 충격을 받았기 때문이다.

'정말 그 얘기 속에 어떤 암시가 숨어 있는 걸까?'

난 거듭 되풀이해서 나 자신에게 물었다.

'그렇다면 누구를, 그리고 무엇을 암시한 걸까? 만일 그 무엇인가를 암시한 게 사실이라면……. 그러나 확실히 그렇다고 인정할 근거가 어디 있단 말인가?'

"아냐, 그럴 리가 없어."

나는 화끈화끈 달아오르는 뺨을 번갈아서 베개에 갖다 대며 혼자 중얼거렸다.

그러나 아까 그 얘기를 하고 있었을 때의 지나이다의 얼굴 표정이 떠올랐다. 또한 문득 네스쿠치느이 공원에서 루신이 무심코 내뱉었던 말과 함께 나에 대한 지나이다의 태도가 급격하게 변했다는 데 생각이 미쳤다. 하지만 결국 아무런 해답도 찾아낼 수 없었다.

'과연 누구일까?'

이 한마디가 마치 어둠 속에 씌어 있는 것처럼 내 눈앞을 가로막고 서 있었다. 그것은 흡사 낮고 불길한 구름이 머리 위에 드리워져 있는 것과도 같은 기분이었다.

나는 압박감을 느꼈다. 그리고 그 구름이 폭풍우로 변하기만을 이제나저제나 기다리고 있었다.

그즈음 나는 여러 가지 일들에 익숙해져 있었다. 공작부인 집에서 너무 많은 것을 보고 들었기 때문이었다.

사람들의 무질서하고 난잡한 생활, 타다 남은 초들, 부러진 나이프와 포크, 항상 침울한 하인 보니파치, 지저분한 꼴을 하고 있는 하녀들, 공작부인이라고 하는 여자의 언동…….

이런 기이한 모습도 나를 더 이상 놀라게 하진 않았다.

그러나 당시 내가 지나이다에게 어렴풋하게 느끼고 있던 그 변화, 그것에 대해서만큼은 좀처럼 익숙해지질 않았다.

'말괄량이.'

언젠가 어머니는 지나이다를 이렇게 불렀다.

하지만 이 말괄량이가 나의 우상이 아닌가! 나의 여신이 아닌가!

이 한마디가 부젓가락으로 나의 심장을 마구 찔러대는

것만 같아서, 나는 그것을 피하기라도 하려는 듯이 베개에 얼굴을 파묻었다. 내 속에선 적개심과 함께 분노가 피어올랐다.

그러면서도 내가 만일 그 분수 옆에 서 있는 그 행운아가 될 수 있다면, 나는 어떤 짓이라도 해낼 수 있을 것 같았다. 그뿐인가. 그 어떤 희생인들 감수하지 못하겠는가. 뜨겁게 끓어오르는 온몸의 피가 쉽게 식을 것 같지 않았다.

아! 정원…… 분수……

나는 잠시 생각에 잠겼다.

'정원에 나가봐야겠어.'

나는 분주히 옷을 주워 입고 방에서 빠져나왔다.

칠흑같이 어두운 밤이었다. 나무들은 들릴 듯 말 듯한 소리를 내며 바람에 흔들리고 있었다. 하늘에선 차가운 기운이 조용히 내리고 있었고, 채소밭 쪽에선 향긋한 풀 냄새가 풍겨왔다.

나는 정원의 오솔길이란 길은 모조리 다 걸어 다녔다. 가끔 내 발자국 소리에 소스라치게 놀라기도 했지만, 그것이 오히려 용기를 주기도 했다.

난 이따금 걸음을 멈추고 조용히 서서, 그 무엇인가를

기다리는 심정으로 내 심장의 고동 소리를 듣고 있었다.

마침내 나는 담장까지 다가가 가느다란 말뚝에 몸을 기대고 섰다. 불현듯 공연한 짓을 하고 있는 것은 아닐까 하는 생각이 들기도 했다.

그런데 순간 네다섯 발자국 앞에서 언뜻 여자의 그림자 같은 것이 스쳐 지나갔다. 나는 어둠 속을 뚫어지게 바라보며 숨을 죽였다.

저게 누구일까? 내가 발자국 소리를 들은 것이 분명한 걸까? 그렇지 않으면 내 심장의 고동 소리였단 말인가?

"거기 누구 있습니까?"

나는 겨우 알아들을 수 있는 작은 목소리로 중얼거렸다.

아니, 저건 또 무슨 소리인가? 누군가가 소리를 죽여 가며 웃는 소리인가? 아니면 나뭇잎이 바스락대는 소리인가? 그것도 아니라면 누가 바로 내 귀 밑에서 내뿜는 한숨 소리란 말인가?

나는 점점 겁이 났다.

"거기 누구 있습니까?"

나는 아까보다도 더 작은 소리로 되물었다.

순간, 주변 공기가 흔들렸다. 하늘에서는 불줄기 같은

것이 번쩍했다. 유성인 모양이었다.

'지나이다?' 하고 묻고 싶었지만, 입이 얼어붙어서 목소리가 나오질 않았다.

한밤중이면 가끔 있는 일이지만, 갑자기 주위가 쥐 죽은 듯이 조용해졌다. 수풀 속의 귀뚜라미까지 울음소리를 멈춰 버렸다. 다만 어디선가 탁 하고 창문 닫는 소리가 들려왔을 뿐이었다.

나는 한참 동안 꼼짝 않고 서 있다가, 얼마 뒤 내 방의 싸늘한 침대로 돌아왔다.

난 마치 몰래 애인을 만나러 나갔다가 만나지 못하고 온 것 같은, 다른 사람의 행복 주위를 맴돌다 온 것 같은 그런 느낌이었다.

17

다음 날 나는 지나이다를 먼발치에서 언뜻 보았을 뿐이었다. 그녀가 공작부인과 함께 마차를 타고 어디론가 가고 있었기 때문이었다.

난 대신에 루신과 마레프스키를 만났다. 루신은 날 본체 만 체했지만, 젊은 백작은 일부러 웃음을 지어 보이며 사뭇 다정하게 말을 걸었다.

별채를 드나들던 사람들 가운데 우리 집에 찾아와서 어머니의 환심을 사는 데 성공한 것도 약삭빠른 이 백작뿐이었다. 하지만 아버지는 그를 별로 좋아하지 않았기 때문에, 실례가 될 정도로 점잖게 그를 대하곤 했다.

"아, 시종 양반이시군."

마레프스키가 나한테 말을 걸었다.

"마침 잘 만났네. 자네가 모시고 있는 어여쁜 여왕님께선 뭘 하고 계시나?"

그의 말쑥하게 잘생긴 얼굴이 순간 역겹게 느껴졌다. 그의 눈에서 나를 조롱하는 듯한 경멸의 빛이 느껴져서, 나는 그에게 아예 대꾸조차 하지 않았다.

"자네, 아직도 화가 덜 풀렸나?"

그가 말을 이었다.

"그건 너무한데. 어쨌든 자네에게 시종의 직위를 준 건 내가 아니니까. 그리고 여왕에겐 시종이 붙어 있게 마련이지. 이건 실례가 되는지 모르지만, 내가 자네한테 충고 한마디 하지. 자넨 지금 전혀 직무에 충실하게 임하고 있는 것 같지 않군."

"그게 무슨 말씀입니까?"

"시종이란 늘 자기 주인 곁을 떠나선 안 되는 법이지. 그리고 시종은 여왕님이 하시는 일을 무엇이든지 다 알고 있어야 하고 말이야. 여왕님으로부터 한시도 눈을 떼면 안 된단 말이지."

그는 목소리를 낮추더니 이렇게 덧붙였다.

"낮이든 밤이든 가리지 말고……."

"도대체 무슨 말을 하고 싶은 겁니까?"

"무슨 말을 하려는 거냐고? 나는 알아들을 만하게 말한 것 같은데……. 밤낮 가리지 말고 계속이라고 했네. 낮엔 그래도 이럭저럭 큰 문제가 없겠지. 하지만 밤엔 그야말로 무슨 일이 벌어질지 아무도 모르거든. 나는 자네가 시종으로서 밤낮 자지 말고 살피는 게 좋을 거라고 충고하는 것뿐이네. 그야말로 전력을 다해 살펴야 하네. 자네도 기억하고 있겠지만, 특히 밤에 정원의 분수 근처를 잘 지키고 있어야 하네. 명심해. 그럼 언젠가 내게 고맙다고 할 날이 있을 걸세."

마레프스키는 껄껄 웃으며 가 버렸다.

그는 별로 대수롭지 않게 그런 얘기를 했을 것이다. 본디 속임수를 잘 쓰는 걸로 워낙 유명한 그는, 가장무도회 같은 데서도 사람들을 골탕 먹이곤 했다. 그것은 그라는 인간 자체에 배어 있는, 자신도 거의 의식하지 못하는 허위성에서 비롯된 것이 틀림없다는 생각이 들었다.

그는 그저 나를 좀 놀려주고 싶은 마음에 그랬을 뿐이었 겠지만, 그러나 그의 한마디 한마디는 무서운 독이 되어 내 혈관 속으로 흘러 들어왔다. 온몸의 피가 한꺼번에 머리로 치솟아 올랐다.

'아, 그거였군!'

나는 마음속으로 부르짖었다.

'그럼 어젯밤에 내가 정원으로 나갔던 것도 결코 우연한 일이 아니었단 말인가!'

"안 돼! 절대 그럴 순 없어!"

나는 커다랗게 소리를 지르며 주먹으로 가슴을 마구 쳤다. 하기는 무엇이 그럴 수 없다는 것인지 나 자신도 정확히 알 수 없었다.

나는 '정원에 나타나는 자가 마레프스키 자신일지도 모르지.'라고 속으로 생각했다.

'그자라면 스스로 자신의 비밀을 털어놓을 수도 있어. 워낙 뻔뻔한 인간이니까. 그렇지 않다면 도대체 누굴까? 하지만 어떤 놈이건 — 우리 집 정원의 담장은 아주 낮기 때문에 누구든 쉽게 뛰어넘을 수 있었다. — 내 손에 걸려들기만 하면 재미없을걸. 누구든지 내 눈에 띄지 않도록 조심하는 게 좋을 거야. 온 세상에, 그리고 그 배신자 — 나는 서슴지 않고 그녀를 배신자라고 불렀다. — 에게 나도 복수

를 할 수 있다는 걸 보여줄 테니까.'

나는 다시 내 방으로 돌아와 책상 서랍을 열었다. 그리고 얼마 전에 산 영국산 주머니칼을 꺼내 날카로운 칼날을 만져보았다.

그리고는 미간까지 찌푸려 가며 냉혹한 결심을 하곤, 그 칼을 주머니 속에 넣었다. 마치 그런 짓을 하는 것이 처음이 아닌 것처럼, 전혀 어색하지도 않으면서 매우 자연스러웠다. 내 심장은 분노로 일그러진 데다 몹시 긴장하고 있어 돌처럼 굳어 있었다.

나는 밤늦게까지 찌푸린 미간을 한시도 펴지 않은 채 이까지 악물어 가면서 이리저리 돌아다녔다. 불덩이처럼 뜨거워진 체온으로 인해 따뜻해진 나이프를 주머니 속에서 움켜쥐고, 뭔가 닥쳐올 무서운 사태에 대한 마음의 준비를 하고 있었던 것이다.

여태껏 한 번도 경험해 보지 못한 이 낯선 느낌은 내 마음을 사로잡았으며, 사뭇 유쾌하기까지 해서 정작 지나이다에 대해서는 그다지 생각하지 않았을 정도였다.

내 머릿속에서는 끊임없이 이런 구절이 맴돌고 있었다.

젊은 집시 알레코(푸슈킨의 시 '집시'의 주인공)여,

아름다운 젊은이여, 어디로 가는가.

누워서 잠들라. ……그대는 온몸이 피투성이로구나!

……오, 그대는 대체 무슨 짓을 했느냐?

아무 짓도 하지 않았다.

나는 얼굴에 잔인한 미소를 띠며 이 '아무 짓도 하지 않았다.'란 구절을 거듭 되풀이했다.

마침 아버지는 집에 없었다. 그러나 요즘 날마다 초조한 마음을 억누르고 있는 듯한 어머니가 나의 심상치 않은 태도를 눈치 챘는지 저녁식사 시간에 이렇게 물었다.

"너는 뭣 때문에 마치 보릿자루를 노리고 있는 생쥐새끼처럼 그렇게 뾰로통해 있니?"

나는 대답 대신 싱긋 웃어 보이며 '니들이 내 마음을 알기나 해?'라고 속으로 생각했다.

시계가 열한 시를 알렸다.

나는 내 방으로 돌아왔으나, 옷은 갈아입지 않았다. 나는 자정을 기다렸다.

그리고 마침내 열두 시를 알리는 시계 소리를 듣고, '지금이다!' 하고 악문 이 사이로 중얼거리며 양복저고리 단추를 턱밑까지 모조리 채웠다. 그런 다음 팔까지 걷어붙이고 정원으로 나갔다.

나는 지키고 있을 장소를 이미 머릿속에 생각해 두었다.

정원 끝, 우리 집과 공작부인 집의 뜰을 가로막고 있는 담장 옆에 전나무 한 그루가 서 있었다. 무성하게 드리워진 그 나무의 가지 아래 서면, 어둠이 허락하는 한 주위에서 일어나는 모든 일을 볼 수 있었다.

또한 그곳에는 언제나 신비스럽게 보였던 좁다란 길이 뱀처럼 꾸불꾸불하게 담장 밑을 따라 나 있었다. ― 누군가 이 부근의 담장을 넘나든 것 같은 흔적이 보였다. 그 길은 굵은 아카시아나무로만 지어진 정자가 있는 쪽으로 뻗어 있었다.

나는 그 전나무 밑까지 가서 나무줄기에 몸을 기댄 채 서서 망을 보기 시작했다.

그날도 전날 밤처럼 바람 한 점 없이 고요했다. 그러나 하늘엔 구름이 얼마 없어, 나무 덤불과 심지어는 키가 큰 꽃나무의 윤곽까지도 똑똑히 분간할 수 있었다.

처음 얼마 동안은 숨 막힐 듯한 긴장이 계속되면서, 무섭

기까지 했다. 난 이미 무슨 일이 닥치더라도 망설이지 않고 해치울 각오가 되어 있었지만, 구체적으로 어떻게 행동할지는 아직 결정하지 않은 상태였다.

'어디로 가는 거야? 그 자리에 서! 바른대로 말해! 그렇지 않으면 죽여 버릴 테다!'라며 벼락같이 소리를 지를 것인지, 아니면 아무 말 없이 푹 찔러 버릴 것인지를 이리저리 궁리하고 있었다.

그때는 바스락거리는 나뭇잎 소리나 바람소리 하나까지도 심상치 않은 어떤 의미가 숨어 있는 것만 같았다. 난 마음을 가다듬으며, 몸을 앞으로 구부렸다.

그러나 30분이 지나고 한 시간이 지나가는데도 아무 일이 일어나지 않자, 몸 안에서 들끓던 피도 차츰 식으면서 조용해졌다.

이러고 있어봐야 무슨 소용이 있겠는가. 이건 내가 생각해도 좀 우스꽝스럽다는 생각이 슬그머니 고개를 들기 시작했다.

'아무래도 내가 마레프스키의 놀림감이 되었나 보다.'

이런 생각이 내 마음속으로 기어 들어왔다.

나는 숨어 있던 장소에서 나와 정원을 한 바퀴 돌았다.

모든 것이 고요하기만 했다. 마치 일부러 그러는 것처럼, 그 어느 곳에서도 바스락 소리 하나 들려오지 않았다. 모든 것이 쥐 죽은 듯 조용하고, 심지어 우리 집 개까지도 현관 옆에서 잔뜩 웅크린 채 잠들어 있었다.

난 반쯤 무너진 온실 벽으로 기어 올라가 눈앞에 펼쳐진 들판을 바라보며, 지나이다와 만났던 지난날들을 회상하며 깊은 생각에 잠겼다.

그러다 나는 몸을 흠칫하며 놀랐다. 삐꺽 하고 문 열리는 소리가 나고, 뒤이어 나뭇가지 부러지는 소리가 들린 것 같았다. 나는 껑충껑충 두 번에 걸쳐 온실에서 길 아래로 뛰어내린 다음 숨을 죽이고 그 자리에 섰다.

가볍고 빠르면서도 조심성 있는 발자국 소리가 아주 또렷하게 들려왔다. 분명 정원 쪽이었다. 그 소리는 내가 있는 쪽으로 점점 가까이 다가오고 있었다.

'저놈이다……. 드디어 나타났구나!' 하는 생각이 퍼뜩 머릿속에 떠올랐다.

난 경련이라도 일어난 듯 떨리는 손으로 주머니에서 나이프를 꺼내 들고 칼을 펼쳤다. 무슨 불꽃같은 것이 눈 속에서 빙그르르 돌며 어지럽게 춤을 추었고, 공포와 증오로 머리털이 쭈뼛 서는 것만 같았다.

발걸음 소리는 곧장 내 쪽으로 다가왔다. 나는 발걸음 소리가 들려오는 쪽을 바라보며 몸을 웅크렸다. 드디어 한 사내가 모습을 드러냈다.

아, 그런데 이게 어찌 된 일인가! 그것은 바로 나의 아버지였다.

아버지는 검은 외투로 온몸을 감싼 채 모자를 깊숙이 눌러 쓰고 있었다. 하지만 내가 아버지를 어떻게 알아보지 못할 수가 있단 말인가.

아버지는 나를 발견하지 못한 채 발뒤꿈치를 들고 가만 가만 내 옆을 지나갔다. 아무것도 내 몸을 가려주지 않았지만, 내가 거의 땅바닥과 맞닿을 정도로 몸을 숙였기 때문에 나를 보지 못한 것이었다.

살인마저도 각오했던 질투의 화신 '오셀로'는 졸지에 어린 학생으로 변하고 말았다.

나는 뜻하지 않은 아버지의 출현에 너무나도 놀라고 얼떨떨해서, 처음엔 아버지가 어디에서 나와 어디로 사라졌는지도 모를 지경이었다.

잠시 후, 다시 주위가 적막에 잠기자 그때서야 나는 몸을 펴며 스스로에게 물었다.

'아버지는 무엇 때문에 이토록 깊은 밤중에 정원을 거닐고 있을까?'

나는 너무 당황한 나머지 칼을 그만 풀밭에 떨어뜨렸지만, 그것을 찾으려고도 하지 않았다. 나는 부끄러워 견딜 수가 없었던 것이다.

나는 단박에 취기가 가신 듯이 정신이 번쩍 들었다. 그리고 집에 돌아오는 길에 전나무 밑에 있는 그 벤치를 찾아가, 그곳에 앉아 지나이다의 침실 창문을 바라보았다.

밖으로 약간 굽은 유리창은 밤하늘에서 내리치는 희미한 광선을 받아 푸르스름한 빛을 발하고 있었다.

그런데 갑자기 유리창의 빛이 변하기 시작했다. 그리고 나는 똑똑히 보았다. 창문 안에서 하얀 커튼이 조심스럽게 살며시 내려오더니, 창문턱까지 완전히 가린 다음 다시는 꼼짝도 하지 않는 것을……

"도대체 무슨 일일까?"

내 방으로 돌아왔을 때, 나는 거의 무의식중에 소리 내어 말했다.

'꿈인가, 우연인가. 그렇지 않으면……'

내 머릿속에 갑자기 떠오른 생각들이 너무 어처구니없고 이상한 것들이었으므로, 나는 더 이상 그런 생각들을 깊이 할 기력마저 잃어버리고 말았다.

18

다음 날 아침, 잠자리에서 일어났을 때 나는 심한 두통에 시달렸다. 전날 밤의 긴장된 흥분은 사라지고, 대신 무거운 의혹과 여태껏 경험해 보지 못한 낯선 슬픔이 내 안에 자리 잡고 있었다. 그것은 마치 나의 내부의 그 무엇이 죽음에 직면하고 있는 듯한 비장함이었다.

"자넨 왜 그렇게 골이 반쯤 빠져 버린 토끼 같은 얼굴을 하고 있나?"

루신이 나를 보자마자 대뜸 이런 소리를 한 것도 무리는 아니었다. 그때 나는 그런 소리를 들어도 당연할 만큼 상태가 좋지 않았다.

아침식사를 할 때, 나는 아버지와 어머니의 기색을 번갈아 가며 살폈다.

아버지는 여느 때와 다름없이 태연했고, 어머니 역시도 평소처럼 마음속의 초조함을 감추려는 듯한 표정이었다.

나는 말없이 앉아, 이따금씩 그랬던 것처럼 혹시 아버지가 나에게 부드럽게 말을 걸어오지 않을까 하고 기다렸다. 그러나 아버지는 늘 보여주던 차가운 관심마저도 드러내지 않았다.

'지나이다에게 모든 것을 말해 버릴까.'라는 생각도 해보았지만, 얘기를 한다 한들 이제 와서 무엇이 달라지겠는가.

하지만 난 마음을 고쳐먹고 지나이다를 만나러 갔다. 그렇지만 그녀에게 '모든 것'을 얘기하기는커녕 예사로운 이야기를 할 기회조차 얻지 못했다. 열두 살 된 공작부인의 아들이 유년학교 방학을 맞아 페테르부르크에서 막 돌아와 있었던 것이다.

지나이다는 나를 보자, 동생을 나에게 맡겨 버렸다.

"내가 좋아하는 볼로쟈(블라디미르의 애칭)!"

그녀가 다정하게 날 불렀다. 그녀가 나의 애칭을 부른 것은 이번이 처음이었다.

"당신한테 친구가 생겼어요. 이 애 이름도 당신과 같

은 볼로쟈랍니다. 많이 귀여워해 주세요. 아직 제멋대로
이고, 철이 없지만 마음씨는 착하니까요. 네스쿠치느이
공원도 좀 구경시켜주고 산책도 함께하면서 이 애를 돌
봐줘요, 네? 그렇게 해줄 거지요? 당신도 정말 좋은 분
이잖아요."

그녀는 다정하게 내 어깨 위에 두 손을 얹었다.

난 너무나 당황했다. 이 아이로 인해, 나까지도 어린아이
가 되고 말았다.

난 아무 말 없이 그 아이를 바라보았다. 그 아이 역시
입을 꼭 다문 채 물끄러미 나를 쳐다보고 있었다.

지나이다는 재미있다는 듯이 웃음을 터뜨리며 우리 두
사람을 끌어다가 가까이 서게 했다.

"자, 친구들끼리 포옹을 해봐요."

우리는 서로를 안았다.

"정원에 나가보지 않겠니? 내가 구경시켜줄게."

나는 그 유년학교 학생에게 물었다.

"네, 고맙습니다."

그는 유년학교 학생답게 씩씩한 목소리로 대답했다.

지나이다는 또다시 웃어댔다. 그녀의 얼굴이 이처럼 아

름다운 홍조를 띤 적이 한 번도 없었다는 생각이 들었다.

우리 집 정원에는 낡은 그네가 하나 있었다. 난 그를 좁다란 그네 위에 앉혀놓고 뒤에서 천천히 밀어주었다.

그는 넓은 금빛 테두리를 한 두꺼운 천으로 된 제복을 입고 있었는데, 꼼짝도 하지 않고 앉아서 그넷줄을 단단히 붙잡았다.

"그 목의 단추라도 풀어."

내가 그에게 말했다.

"괜찮습니다. 습관이 되어서요."

그는 이렇게 대답하고는 헛기침을 했다.

그는 자기 누나와 굉장히 닮은 모습이었다. 더욱이 눈은 쏙 빼낸 것 같았다.

나는 그를 돌봐주는 것이 재미있기도 했지만, 한편으로는 야릇한 고통이 내 심장을 갉아먹고 있는 것처럼 느껴졌다. 나는 새삼스럽게 '이제 난 어린애에 불과하구나.' 하고 생각했다.

'그렇지만 어젯밤만 해도……'

순간 나는 어젯밤 나이프를 떨어뜨린 생각이 갑자기 나서 얼른 그것을 찾아냈다.

유년학교 학생은 나를 졸라 나이프를 받아들고는 곧 굵은 두릅나무 가지를 자르더니, 이내 피리를 만들어 불기 시작했다. 오셀로도 함께 피리를 불었다.

그러나 그날 밤, 바로 이 오셀로는 지나이다의 팔에 안겨 얼마나 슬프게 흐느꼈던가!

그날 난 정원 구석에 우울하게 앉아 있었다. 그녀는 나를 발견하고는, 왜 그렇게 슬픈 얼굴을 하고 있느냐고 물었다.

그러자 나는 갑자기 복받쳐 오르는 감정을 조절하지 못하고, 그녀가 깜짝 놀랄 만큼 서럽게 울었다.

"아니, 왜 그래요? 볼로쟈, 무슨 일이 있었어요?"

그녀가 계속 물었지만, 나는 아무 대답도 하지 않은 채 계속 흐느꼈다.

그녀는 내가 좀처럼 울음을 그치지 않자, 눈물로 흠뻑 젖은 뺨에 키스를 하려 했다.

그러나 난 고개를 돌린 채 계속 흐느끼면서 조그만 소리로 말했다.

"나는 다 알고 있습니다. 당신은 왜 날 장난감처럼 취급하는 거죠? 나의 사랑이 당신에게 무슨 필요가 있다는 거예요?"

"당신한테는 정말 미안해요. 볼로쟈……."

지나이다가 입을 열었다.

"아, 정말 내가 잘못했어요."

그녀는 진심인 듯 두 손을 깍지 끼며 계속 말했다.

"내 속엔 어둡고 악한 마음이 숨어 있나 봐요. 하지만 지금은 나도 당신을 장난감으로 취급하지 않아요. 나는 당신을 사랑해요. 당신은 꿈에도 생각하지 못하겠지만……. 그건 그렇고, 당신은 도대체 뭘 알고 있다는 거죠?"

내가 그녀에게 무슨 말을 할 수 있었겠는가? 그녀가 내 앞에 서서 빤히 나를 쳐다보고 있는데……. 그녀가 나를 바라보기만 해도, 나는 머리에서 발끝까지 완전히 그녀의 것이 되고 마는데…….

그리고 불과 15분쯤 지난 후에 난 어느새 지나이다의 동생과 함께 달리기 시합을 하고 있었다. 그리고 술래잡기도 했다.

이제 난 더 이상 울지 않았다. 아니, 울지 않는 것이 아니라 오히려 웃고 있었다. 비록 퉁퉁 부어오른 눈에서 웃을 때마다 눈물이 한 방울씩 떨어지긴 했지만, 내 목에는 넥타이 대신 지나이다의 리본이 매어져 있었다. 뿐만 아니라 어쩌다 지나이다의 허리를 붙잡게 되면 얼마나 기쁘던지, 환희에 차서 소리를 지르기까지 했다.

결국 그녀는 나를 장난감처럼 마음대로 가지고 놀았던 것이다.

19

결국 실패로 돌아간 그날 밤의 모험 이후, 일주일 동안 내 마음속에서 일어난 모든 것을 자세히 말해 보라고 한다면 나는 아마도 커다란 곤혹감을 느낄 것이다.

뿐만 아니라, 그것은 마치 기이한 열병을 앓는 것처럼 너무나 고통스러운 시간의 연속이었다.

극도로 모순된 감정, 증오와 사랑, 의혹과 희망, 기쁨과 번뇌……

이런 것들이 회오리바람처럼 내 안에서 미친 듯이 휘몰아치는 혼돈의 세계였다.

열여섯 살밖에 되지 않은 소년에게 이런 일이 가능한지 모르겠지만, 나는 내 마음속을 들여다보는 것이 너무나 두

려웠다. 무슨 일이든 분명히 의식하는 것을 피하고 싶을 정도였다.

나는 그저 어떻게 하면 하루를 무사히 보낼 수 있을까 하는 것에만 신경을 썼다. 그 대신 밤에는 잘 잤다. 어린애다운 단순한 생각이 나를 도와준 것이다.

나는 내가 사랑받지 못하고 있다는 것을 알고 싶지도 않았고, 그렇다고 사랑받고 있지 않다는 것을 스스로 인정하기는 더 싫었다.

나는 되도록이면 아버지를 피하려고 했으나, 지나이다를 피할 수는 없었다. 그녀 앞에 가면 내 몸은 뜨거운 불에 타 버리는 것 같았다.

그러나 나를 불태우고 녹여 버리는 그 불이 어떤 불인지는 별로 알 필요가 없었다.

불에 타는 듯한 그 느낌 자체가 뭐라 표현할 수 없는 행복이었기 때문이다.

나는 나 자신을 속였으며, 지나간 추억들을 외면했고, 미래에 대한 예감에 대해서는 눈을 감아 버렸다.

물론 이런 고통과 번뇌는 그냥 내버려두어도 그리 오래 지속되지 않았을 테지만…….

하지만 이런 감정들은 청천벽력 같은 사건의 발생과 함께 산산조각 났고, 난 그야말로 새롭고 전혀 낯선 길 위에 내동댕이쳐졌다.

어느 날, 난 꽤 오랜 시간 산책을 한 후 점심시간이 되었을 무렵에 집으로 돌아왔다.

그런데 혼자 식사를 해야 한다는 사실을 알고 놀라지 않을 수 없었다.

아버지는 외출했는지 집에 없었고, 어머니는 몸이 불편해서 식사할 생각이 없다면서 침실에서 나오지 않았다.

나는 하인들의 표정을 보고 무슨 심상치 않은 일이 일어난 것을 짐작할 수 있었다.

하지만 선뜻 하인들에게 물어볼 용기가 나지 않았다.

다행히도 식당에서 일하는 필립이라는 젊은 하인이 생각났다. 그는 시를 무척 좋아했고, 기타를 잘 쳤다. 그는 각별히 나와 친하게 지냈기 때문에, 그로부터 자초지종을 들을 수 있었다.

그리고 그의 입을 통해, 아버지와 어머니 사이에 한바탕 큰 소동이 있었다는 것을 알게 되었다.

그는 그것을 하녀 방에서 한마디도 빼지 않고 모두 들었다고 했다. 두 분은 거의 프랑스어로 말다툼을 했지만, 마샤라는 하녀는 파리에서 사는 동안 양복점에서 5년이나 일했기 때문에 내용을 다 알아들을 수 있었다는 것이다.

어머니는 남편으로서의 아버지 행실을 비난하다가, 공작부인 집의 젊은 처녀와의 관계를 따져 물었다.

아버지는 처음엔 변명하느라 바빴으나, 나중엔 오히려 화를 벌컥 내면서 모진 말을 해서 — 아마 어머니의 나이를 들먹거렸을 것이다. — 결국 어머니를 울렸다.

그러자 어머니는 공작부인에게 빌려준 수표 얘기를 끄집어낸 것은 물론이고, 부인의 딸에 대해서까지 좋지 않은 말들을 늘어놓았다.

그러자 화가 날 대로 난 아버지는 어머니에게 협박 비슷한 말까지 했다는 것이었다.

"이 소동은 발신인 이름이 적혀 있지 않은 편지 때문에 일어났습니다. 누가 그런 편지를 보냈는지 모르지만, 그것만 아니었다면 이런 소동이 일어날 리 있겠습니까? 그럴 이유가 없지요."

필립이 이렇게 말했다.

"그럼 어머니 말씀대로 옆집 딸과 아버지 사이에 무슨

일이 있었던 모양이지?"

나는 간신히 정신을 차리며 이렇게 물었다.

그 말을 하는 내 손발은 이미 싸늘해졌고, 가슴속 깊은 곳에서 무엇인가가 밀려오면서 부들부들 떨리기 시작했다.

필립은 모든 걸 알고 있다는 듯, 한쪽 눈을 깜빡이며 말을 이었다.

"있고말고요. 이런 일을 끝까지 숨길 수 없는 법이지요. 주인님께선 각별히 조심하셨겠지만, 어쩔 수 없는 일들이 생기지 않겠습니까. 예를 들어, 우선 마차 같은 것을 빌려야 되는 경우도 있지 않겠어요? 이런 일들은 아무래도 누군가의 손을 빌리지 않고는 불가능하단 말씀입니다. 그러다 보면……."

나는 필립을 돌려보낸 후 침대 위에 쓰러졌다.

그렇지만 나는 목 놓아 울지도 않았고, 또한 절망하지도 않았다.

그리고 어쩌다 일이 이 지경에 이르렀는지도 생각하지 않았다. 왜 좀 더 일찍, 아니 훨씬 전에 이 모든 걸 짐작하지 못했을까 하고 의아해 하지도 않았다. 뿐만 아니라, 아버지를 원망스럽게 여기지도 않았다.

내가 알게 된 엄청난 사실은 내 힘으로 어떻게 할 수 있는 것이 아니었다.

이 뜻밖의 사건은 나를 여지없이 거꾸러뜨렸다. 이제 모든 것이 끝장났다.

그간 마음 졸여가며 돌보던 모든 꽃들이 한꺼번에 모조리 꺾여서, 무참히 짓밟힌 채 내 주위에 산산이 흩뿌려지고 만 것이다.

20

다음 날, 어머니는 이사를 가겠다고 선언했다.

아침에 아버지가 어머니의 침실에 들어간 후, 오랫동안
단둘이 있었다. 아버지가 어머니에게 무슨 말을 했는지는
아무도 모르지만, 어쨌든 어머니는 더 이상 울지 않았다.

어머니는 마음이 진정되었는지 식사를 가져오라고 했다.
하지만 여전히 방 밖으로는 나오지 않았고, 이사를 하겠다
는 결심도 바꾸지 않았다.

지금도 생생하게 기억나는데, 나는 그날 하루 종일 괜스
레 이곳저곳을 돌아다니며 시간을 보냈다. 그러나 정원엔
한 발자국도 들여놓지 않았고, 별채 쪽도 바라보지 않았다.

그날 저녁, 나는 놀라운 일을 목격했다. 아버지가 우리

집을 찾아온 마레프스키 백작의 손을 붙잡더니, 응접실에서 문간방으로 끌고 나갔다. 그리고는 하인이 옆에 있는 것도 신경 쓰지 않고 냉정한 목소리로 이렇게 소리치는 것이었다.

"며칠 전, 당신은 어떤 집에서 문 밖으로 나가달라는 말을 들었다지요? 그러나 나는 여러 말을 하고 싶자 않소. 다만 한마디만 하겠는데, 만일 당신이 또다시 우리 집에 오면 그때는 창문 밖으로 집어던질 것이오. 알았소? 그리고 나는 당신의 필적이 영 마음에 들지 않소."

백작은 고개를 푹 숙이더니, 이를 악물면서 몸을 움츠리고는 집 밖으로 나가 버렸다.

이사 갈 준비가 본격적으로 시작되었다. 우리는 우리 집이 있는 아르바트(모스크바에 있는 광장 이름)로 이사를 가는 것이었다. 이젠 아버지도 더 이상 별장에 머물고 싶지 않은 모양이었다.

어쨌든 한 가지 분명한 것은, 아버지가 어머니를 설득하여 더 이상 일이 커지지 않도록 조치를 취한 것 같았다. 일단 추문이 퍼지는 것을 막은 것이었다.

모든 일이 조용히 그리고 천천히 진행되었다. 어머니는

공작부인에게 사람을 보내, 몸이 좋지 않아 이사 가기 전에 한 번 찾아뵙지 못해 유감이라는 의례적인 인사말까지 전했다.

나는 미친 듯이 여기저기 마구 쏘다녔다. 그리고 한시바삐 모든 것이 끝나기만을 바랐다. 다만, 한 가지 생각이 머릿속에서 떠나지 않은 채 계속 나를 따라다녔다.

'어떻게 그 젊은 처녀가, 그래도 공작의 딸이라는 번듯한 신분을 가진 여자가, 아버지에게 어엿한 가정이 있다는 걸 알면서도 그와 같은 당돌한 행동을 할 수 있었을까? 마음만 먹으면, 하다못해 벨로브조로프와 결혼할 수도 있는 그녀가 아버지에게 바란 것은 도대체 무엇일까? 자신의 장래를 망쳐 버리는 일을 두려워하지 않은 까닭이 무엇일까?'

그렇다! 그것이 바로 사랑의 힘이다. 바로 그것이 열정이며, 그것이 바로 참된 헌신이다.

'아마도 사람에 따라선, 자신을 희생하는 것에서 행복을 느낄 수도 있을 거야.'

언젠가 루신이 한 말이 문득 떠올랐다.

때마침 지나이다의 방 창문에 희끄무레한 그림자가 어른거렸다.

'혹시 지나이다가 아닐까?' 하고 생각했다.

과연 그것은 그녀였다.

나는 더 이상 참을 수가 없었다. 그녀에게 작별 인사조차도 하지 않고 떠날 순 없지 않은가.

나는 기회를 보아 별채로 찾아갔다.

응접실에서 공작부인이 여느 때처럼 무뚝뚝한 말투로 나를 맞았다.

"도련님, 어떻게 된 일이에요? 그 집 식구들, 부리나케 이사를 하는 것 같은데……."

그녀는 양쪽 콧구멍에다 코담배를 밀어 넣으며 말했다.

나는 공작부인의 얼굴을 보자, 내 마음속에 있던 모든 부담감이 순식간에 사라지는 것 같았다.

필립에게서 들은 수표 얘기가 마음을 무겁게 하고 있었는데, 그녀는 아무것도 알아차리지 못한 모양이었다. ─ 적어도 그때 내 눈에는 그렇게 보였다.

그때 까만 옷을 입은 지나이다가 핼쑥한 얼굴로 나타났다. 옆방에서 머리를 풀어헤치고 빗질을 하다가 온 모양이었다.

그녀는 아무 말 없이 내 손을 잡고는 자기 방으로 갔다.

"당신 목소리가 들려와서…… 바로 달려 나왔어요. 그런데 당신은 아주 태연하군요. 우릴 버리고 가는 게 그렇게 쉬운 일인가요? 무정한 사람……."

그녀가 간신히 입을 열며 말했다.

"당신에게 작별 인사를 하러 왔어요. 아마 다시는 만나지 못할 겁니다. 혹시 들으셨는지 모르지만, 우리는 이곳을 아주 떠납니다."

내가 대답했다.

"네, 들었어요. 그리고 와줘서 정말 고마워요. 난 당신을 끝내 못 보는 게 아닌가 하고 생각했는데……. 날 너무 나쁘게 생각하지는 말아줘요. 이따금 당신을 놀려주긴 했지만, 그래도 당신이 생각하는 것처럼 그렇게 나쁜 여자는 아니니까요."

그녀는 내게서 몸을 돌린 다음 창가에 기대섰다.

"정말이에요. 난 절대 그런 여자가 아니에요. 물론 당신이 날 나쁘다고 생각하는 건 알고 있어요."

"내가요?"

"그래요, 당신이……. 당신이 말이에요."

"내가요?"

나는 비통한 목소리로 되풀이해서 물었다. 저항할 수도 없고, 뭐라 표현할 수도 없는 이상한 힘에 사로잡힐 때마다 그랬던 것처럼, 내 가슴은 마구 떨리기 시작했다.

"내가 말입니까? 날 믿어주세요. 지나이다 알렉산드로브나! 당신이 어떤 짓을 했든, 그리고 아무리 나를 괴롭힌다 하더라도, 나는 죽을 때까지 당신을 사랑하고 사모할 겁니다."

그녀는 갑자기 내게로 몸을 돌리더니, 두 팔을 크게 벌리며 내 머리를 끌어안았다. 그리고는 뜨겁고도 강렬한 키스를 퍼부었다.

이 작별의 키스가 과연 누구를 위한 것이었는지, 그것을 누가 알겠는가.

어쨌든 난 굶주린 듯, 키스의 달콤한 맛에 취했다. 나는 이런 일이 두 번 다시 되풀이될 수 없다는 것을 너무나 잘 알고 있었다.

"안녕. 안녕!"

나는 몇 번이고 되풀이해서 말했다.

그녀는 나를 두고 나가 버렸다. 나도 그 집에서 물러나왔다.

그때 내 가슴에 어렸던 그 심정은, 지금도 제대로 표현할 수가 없다. 난 두 번 다시 그런 심정을 경험하고 싶진 않지만, 그러나 내 삶에 있어 한 번도 그런 경험을 하지 못했다면 그 또한 불행한 일이라고 생각했을 것이다.

우리는 시내로 이사를 했다. 그러나 나는 과거의 기억들을 쉽게 떨쳐내지 못했다. 그래서인지 금방 공부를 시작할 수도 없었다. 나의 상처가 아무는 데는 적잖은 시간이 필요했던 것이다.

그러나 나는 아버지한테 조금도 나쁜 감정을 갖지 않았다. 아니, 오히려 내 눈에는 아버지의 모습이 더욱 크게 보이기까지 했다.

이런 상반된 감정에 대해서는, 자기들의 이론에 따라 제멋대로 설명하라고 심리학자들에게 맡길 수밖에 없을 것 같다.

어느 날, 나는 산책을 나섰다가 거리에서 우연히 루신을 만났다. 그것은 무어라 설명할 수 없는 기쁨이었다.

나는 솔직하고 꾸밈없는 그의 성격을 좋아했다. 더욱이 내 마음속에 간직된 추억을 되살아나게 해준다는 점에서, 그를 만난 것이 얼마나 반가웠는지 모른다.

나는 그에게로 달려갔다.

"아!"

그는 미간을 찌푸리며 놀라워했다.

"자네로군 그래. 어디 얼굴 좀 보세. 여전히 안색은 좋지 않지만, 그래도 눈 속에 어려 있던 어리석은 빛은 사라졌군. 이젠 방 안에서 기르는 애완용 강아지 같은 모습은 찾아볼 수 없고, 의젓한 사나이가 되었구먼. 잘된 일이야. 그래, 그간 어떻게 지냈나? 공부를 하고 있는가?"

나는 대답 대신 한숨을 쉬었다. 거짓말을 하고 싶지는 않았지만, 사실을 말하자니 왠지 부끄럽고 쑥스러웠다.

"어쨌든 좋아."

루신이 말을 이었다.

"그렇다고 풀죽을 필요는 없어. 중요한 것은 쓸데없는 데 정신을 팔지 않고, 정상적인 생활을 하는 것이니까. 공연히 휩쓸려봤자 무슨 소용이 있겠나? 물결에 휩쓸려 어디를 가든, 결코 좋은 일은 없다네. 비록 바위 위에 서 있다 해도, 자기 발로 서 있을 수 있다면 그것이 얼마나 감사한 일이겠는가. 난 요새 이렇게 기침만 쿨럭이고 있다네. 그런데 자네, 혹시 소식 들었나? 벨로브조로프에 대해서……"

"아뇨, 전 전혀 듣지 못했는데요."

"그 사람 행적을 알 수가 없어. 카프카스로 갔다는 말도 있는데, 자네처럼 젊은 친구에겐 좋은 교훈이 될 거야. 그것도 결국은 적당한 시기에 단념을 하고 굴레에서 빠져나오지 못했기 때문에 생긴 일이지. 또한 빠져나오는 방법도 몰랐을 테고……. 그래도 자넨 용케 빠져나온 모양이네. 이젠 다시 걸려들지 않도록 조심하게. 그럼 난 이만 가봐야 겠군. 잘 있게."

'난 다시는 걸려들지 않아. 다시는 그녀를 만나지 않을 거니까…….' 하고 마음속으로 다짐했다.

그러나 나는 다시 한 번 지나이다를 만날 운명을 피하지 못하고 말았다.

21

아버지는 날마다 말을 타고 외출했다. 아버지는 품종 좋은 영국산 말을 가지고 있었는데, 목이 가늘고 다리가 늘씬하며 밤색 바탕에 흰 털이 섞인 암말이었다. 이름은 '엘렉트릭'이었다. 엘렉트릭은 아버지 이외에는 아무도 다룰 수 없을 정도로 심술궂고 성질이 사나웠다.

하루는 아버지가 기분이 매우 좋은 표정으로 내 방에 들어왔다. 그것은 정말 오랜만에 있는 일이었다. 아버지는 외출을 하려는지, 승마복 차림에 장화에다 박차까지 달고 있었다.

나는 나도 데려가 달라고 졸랐다.

"그보단 말 타기 놀이나 하고 노는 게 좋을 거야."

아버지가 말했다.

"너의 그 독일산 말로는 날 따라오지 못할걸."

"아니에요. 얼마든지 따라갈 수 있어요. 나도 박차를 달면 될 거예요."

"그럼 맘대로 하렴."

우리는 집을 나섰다. 내 말은 털이 부슬부슬한 시꺼먼 망아지였는데, 다리가 튼튼해서 곧잘 달렸다.

물론 엘렉트릭이 마음껏 달릴 때는 땀을 뻘뻘 흘리며 있는 힘을 다해야 했지만, 어쨌든 크게 뒤처지지 않고 용케 쫓아갔다.

나는 아버지만큼 말을 잘 타는 사람을 본 적이 없다. 아버지의 말 탄 모습은 보기에도 멋졌다.

또한 아버지는 크게 힘들이지 않고도 말을 편하게 몰아, 아버지를 태운 말조차도 그것을 알고 자랑스럽게 여기는 것처럼 보일 정도였다.

우리는 가로수가 우거진 거리를 하나도 빼놓지 않고 모두 다 돈 다음, 제비치에(모스크바 근방에 있는 들판으로, '처녀'라는 뜻) 들판을 이리저리 돌아다니며 몇 번이나 울타리를 뛰어넘었다.

나는 처음에 장애물 뛰어넘는 것을 매우 두려워했지만, 아버지가 겁쟁이를 경멸했기 때문에 용기를 내지 않을 수 없었다.

또한 우린 모스크바 강을 두 번씩이나 건넜다. 그래서 나는 이제 집으로 돌아가겠거니 하고 생각했다. 더욱이 내 말이 지쳤다는 것을 아버지가 알고 있었기 때문이다.

그러나 아버지는 크리미안 여울 근처에서 갑자기 방향을 틀더니, 강둑을 따라 전속력으로 달리기 시작했다. 나도 기를 쓰며 그 뒤를 따랐다.

잠시 후에 낡은 통나무가 높이 쌓인 곳에 다다르자 아버지는 날쌔게 엘렉트릭에서 내리더니, 나보고도 말에서 내리라고 했다. 그리고 자신의 말고삐를 나에게 건네주며, 통나무 근처에서 잠시 기다리라고 했다. 그런 다음, 조그만 샛길을 돌아 모습을 감췄다.

나는 말 두 필을 끌고 강변을 따라 이리저리 돌아다녔다. 성질 급한 엘렉트릭은 연신 머리를 내저으며 몸을 부르르 떨기도 하고, 코를 킁킁거리다가 '으흐흥' 하며 시끄럽게 소리를 지르기도 했다.

또 내가 잠시라도 멈춰 서면 발굽으로 땅을 파헤치거나,

내 독일산 말의 목을 물려고 덤비기까지 했다. 말하자면, 귀염을 받고 자란 순종이 할 수 있는 짓은 하나도 빠뜨리지 않고 다 하는 것이었다.

아버지는 좀처럼 돌아올 기미가 보이지 않았고, 강 쪽에서는 퀴퀴하면서 습기 섞인 바람이 불어왔다. 게다가 가랑비까지 소리 없이 내리기 시작하여, 회색빛 통나무 위에 거무죽죽한 무늬가 생겨났다.

난 할 일 없이 왔다 갔다 하며 그 우중충한 통나무 더미를 바라보았다.

시간이 흐를수록 외롭고 서글픈 생각이 밀려오며 점점 맥이 빠졌지만, 아버지는 좀처럼 돌아오지 않았다.

핀란드 출신으로 보이는 순경 하나가 위아래로 온통 회색 옷을 입고, 항아리처럼 생긴 낡은 헬멧을 쓴 채 기다란 몽둥이를 들고 내게로 다가왔다.

교통순경이 어째서 이런 모스크바 강변에 있을까?

그는 노파같이 쭈글쭈글한 얼굴을 내게 들이대며 말을 걸었다.

"도련님! 웬 말을 두 필씩이나 끌고, 이런 데서 뭘 하고 계십니까? 제가 대신 붙들고 있을까요?"

나는 대답을 하지 않았다.

그는 나에게 담배를 하나 달라고 했다. 나는 이 귀찮은 순경을 따돌리기 위해 — 더욱이 아버지를 기다리고 있기가 답답해서 견딜 수가 없었으므로 — 나는 아버지가 사라진 쪽으로 슬금슬금 발길을 옮겼다.

나는 샛길 끝까지 가서 모퉁이를 돌아섰다.

그 순간, 나는 그만 걸음을 멈추고 말았다.

내가 있는 데서 40보 가량 떨어진 큰길가 어느 조그마한 목조건물의 활짝 열린 창 앞에서 아버지가 등을 돌린 채 서 있었던 것이다.

아버지는 창문 문턱에 가슴을 대고 있었다. 그리고 집 안에서는 검은 옷을 입은 여자가 커튼에 반쯤 몸을 가리고 앉아서 아버지와 이야기하고 있었다.

그런데…… 그 여자는 바로 지나이다가 아닌가.

나는 그만 그 자리에서 돌기둥처럼 굳어 버리고 말았다.

솔직히 말해, 나는 이런 일이 있으리라곤 꿈에도 생각하지 못했다.

처음에 나는 그곳에서 달아나려 했다. 만일 아버지가 돌아본다면 파멸이라는 생각이 들었기 때문이다.

하지만 그 어떤 이상한 감정이 — 호기심이나 질투심보다도 강하고, 두려움보다도 강한 감정이 — 나를 붙들어 세웠다.

나는 숨을 죽이고 서서 그들을 바라보았다. 그리고 귀를 곤두세워 두 사람의 이야기를 엿들었다.

아버지는 뭔가를 고집하고 있는 것 같았고, 지나이다는 아버지의 의견에 따르려 하지 않는 눈치였다.

지금도 내 눈에는 그녀의 얼굴이 생생하게 떠오른다.

슬프면서도 진지한 표정을 하고 있는 그 아름다운 얼굴엔 말로 표현할 수 없는 우수와 헌신적인 사랑, 그리고 절망의 그림자가 숨겨져 있었다. — 나는 이 밖에 그 어떤 단어도 찾아낼 수 없다.

그녀는 눈을 내리깐 채 엷은 웃음을 띠고 이따금씩 짧은 말로 대꾸하고 있었다. 그리고는 온순하면서도 완고한 결심이 서려 있는 미소를 지어 보였다.

나는 오직 그 미소에서만 지나이다의 예전 모습을 발견할 수 있을 뿐이었다.

아버지는 어깨를 흠칫해 보이고는 머리 위의 모자를 고쳐 썼다. 그것은 아버지가 마음이 초조할 때면 하던 버릇이었다.

조금 뒤 "당신과 헤어져야 해요……." 하고 말하는 소리가 똑똑하게 들려왔다. 그런 다음, 지나이다는 몸을 똑바로 세운 채 한 손을 내밀었다.

순간, 도저히 있을 수 없는 일이 내 눈앞에서 일어났다.

아버지가 자기 팔소매의 먼지를 털고 있던 채찍을 느닷없이 휘둘러 올렸다. 그리고는 뒤이어서 팔꿈치까지 내놓은 그녀의 팔위로 채찍을 휘감으며 내리친 것이다.

나는 '악' 하는 소리가 나오려는 것을 간신히 참았다.

지나이다는 몸을 꿈틀하고 떨면서 말없이 아버지를 바라보았다. 그리고는 자기 손을 조용히 입으로 가져가 뻘겋게 달아오른 상처에 입을 맞췄다.

아버지는 채찍을 내던지고는 빠른 걸음으로 현관 층계를 달려 올라가 집 안으로 들어갔다.

지나이다 역시 몸을 돌렸다. 그리고 두 손을 벌려 머리를 뒤로 젖힌 다음 창문 안쪽으로 사라졌다.

나는 너무 놀란 나머지 정신이 혼미해지는 것 같았다.

나는 의혹에 찬 공포를 가슴에 안은 채 왔던 길을 되돌아 나왔다. 하마터면 엘렉트릭을 놓칠 뻔했다.

나는 겨우겨우 샛길을 빠져나와 강변으로 돌아왔다. 그러나 내 머릿속은 그야말로 온통 뒤죽박죽이 되어 엉망이었다.

난 냉정하면서도 내성적인 성격의 아버지가 이따금 자신도 주체하지 못할 만큼 광적인 발작을 일으킬 때가 있다는 것을 알고 있었지만, 조금 전에 본 일은 도대체 어떻게 된 영문인지 이해할 수가 없었다.

그러나 그와 동시에, 앞으로 내가 얼마를 살든 그때 본 그녀의 그 모습과 그 미소 그리고 그 몸짓은 영원히 잊을 수 없으리란 걸 깨달았다.

그녀의 모습, 뜻밖에 내 눈에 비쳐진 그 새로운 모습은 영원히 내 기억 속에 각인되었다.

나는 두 눈에서 하염없이 눈물이 흘러내리는 것도 모르고, 강물을 멍하니 바라보고 있었다.

'그녀가 매를 맞다니……. 매를 맞다니……. 그녀가…….'

"뭐하고 있니? 말을 이리 다오!"

등 뒤에서 아버지의 목소리가 들려왔다.

난 기계적으로 말고삐를 건네주었다.

아버지는 엘렉트릭 위로 올라탔다. 추위에 떨고 있던 말은 몸을 곧추세우고 두 발자국쯤 앞으로 펄쩍 뛰었다.

그러나 아버지는 곧 그것을 진정시켰다. 말 옆구리를 박차로 꾹 누르고, 목덜미를 주먹으로 내리친 것이다.

"제기랄, 채찍이 없군."

아버지가 투덜거렸다.

나는 조금 전에 그 채찍이 찰싹 하고 그녀의 팔을 후려치던 소리가 들리는 것 같아서, 나도 모르게 몸이 부르르 떨렸다.

"채찍을 어디다 두셨어요?"

내가 잠시 후에 이렇게 묻자, 아버지는 아무 대답도 하지 않고 앞으로 말을 달렸다.

나는 뒤를 빠짝 쫓아갔다. 나는 아버지의 얼굴을 볼 생각이었던 것이다.

"날 기다리느라 지루했겠구나."

아버지는 이를 악문 채 내뱉듯 말했다.

"네, 조금. 그런데 채찍을 어디다 떨어뜨리셨어요?"

나는 다시 한 번 물었다. 아버지는 나를 힐끔 쳐다본 다음 천천히 말했다.

"떨어뜨린 게 아냐. 버렸어."

아버지는 무언가를 생각하는 듯 고개를 숙였다.

이때 나는 처음으로, 그리고 아마도 마지막으로 아버지의 엄격하고 완고한 얼굴이 부드러운 인정과 연민의 정을 얼마나 나타낼 수 있는지를 알게 되었다.

아버지는 다시 박차를 가했다. 이번엔 더 이상 그 뒤를 쫓아갈 수가 없었다.

결국 나는 아버지보다 15분이나 늦게 집으로 돌아왔다.

"그래, 이게 바로 사랑인가 보다."

그날 밤, 교과서와 노트가 펼쳐진 책상 앞에 앉아 난 이렇게 중얼거리며 생각에 잠겼다.

'그것이 열정이라는 거구나. 어떤 사람한테라도……. 비록 자기가 사랑하는 사람한테라도 그렇게 얻어맞으면 분개하지 않을 수 없을 것 같은데……. 그러나 사랑에 빠지면 그럴 수도 있는 건가 보다. 그런데 나는…… 나는 얼마나 어리석은 생각을 했던가!'

이 한 달 동안, 나는 정신적으로 갑자기 성숙해진 느낌이었다. 그리고 나의 사랑이나, 거기에 따르는 온갖 번민과 고통도 지금에야 겨우 어렴풋이 알 수 있게 된 미지의 그 무엇인가에 비한다면 너무나 하찮고 어린애 장난 같은 것으로 여겨졌다.

그 무엇은, 희미한 어둠 속에서 아무리 자세히 보려 애써도 잘 보이지 않는, 아름다우면서도 한편으론 무시무시한 얼굴처럼 내 가슴속에 두려움을 불어넣었다.

바로 그날 밤, 나는 괴이하고도 무서운 꿈을 꿨다.

천장이 낮고 어두운 방 안에 있는 것 같았는데, 아버지가 한쪽 손에 채찍을 들고 서서 발을 쾅쾅 굴러댔다. 또 그 방 한쪽 구석에는 지나이다가 몸을 웅크리고 있었고, 아까 맞은 팔이 아니라 이마 위에 붉게 부풀어 오른 채찍 자국이 선명하게 보였다. 그리고 두 사람 뒤에서 온몸이 피투성이가 된 벨로브조로프가 몸을 일으키더니, 창백한 입술을 떨며 분노에 찬 목소리로 아버지를 위협하는 것이었다.

두 달 뒤, 나는 대학에 입학했다. 그 뒤 반년이 지나 아버지는 페테르부르크에서 뇌일혈로 세상을 떠났다. 그것은 우리 식구가 그곳으로 이사한 지 얼마 되지 않아 일어난 일이었다.

세상을 떠나기 며칠 전에 아버지는 모스크바에서 온 편지 한 통을 받고 몹시 흥분한 모양이었다.

아버지는 어머니한테 무엇인가를 애절하게 부탁했고,

그리고 완전한 실의에 빠져 눈물까지 흘렸다고 한다. 그가 바로 나의 아버지였던 것이다.

뇌일혈을 일으킨 바로 그날 아침, 아버지는 나에게 프랑스어로 편지를 쓰기 시작하다가 그만두었다.

'내 아들아! 여자의 사랑을 두려워해라. 그 황홀한 행복, 서서히 퍼지는 독을 두려워하라…….'

그리고 어머니는 아버지가 세상을 떠난 후에, 제법 많은 돈을 모스크바로 보냈다.

22

어느덧 4년이란 시간이 흘렀다. 나는 대학을 막 졸업한 후 무슨 일을 해야 좋을지, 어떤 문을 두드려야 좋을지를 몰라 많이 망설였다. 그래서 얼마 동안 하는 일 없이 빈둥빈 둥 놀고 있었다.

그러던 어느 화창한 날 저녁, 나는 뜻밖에도 극장에서 마이다노프를 만났다.

그는 결혼도 하고 취직도 했다고 하는데, 내가 보기에는 예전과 조금도 달라진 데가 없었다. 그는 여전히 쓸데없는 일에 감격하는가 하면, 그러다가 갑자기 풀이 죽어 버리곤 했다.

"자네, 알고 있나?"

무심코 그가 물었다.

"돌리스카야 부인이 이곳에 있다네."

"돌리스카야 부인이라니, 누굴 말하는 겁니까?"

"아니, 자네 벌써 잊은 건 아니겠지? 옛날 그 자세킨 공작의 딸 말일세. 왜 우리 모두가 그녀에게 빠져 있었던……. 자네도 역시 우리 축에 끼지 않았었나? 생각나겠지? 네스쿠치느이 공원 근처의 별장 말이야."

"그녀가 돌리스카야와 결혼했나요?"

"그렇다네."

"그럼 그녀가 여기 이 극장에 와 있단 말입니까?"

"아니, 페테르부르크에 있지. 요 며칠 전에 이곳에 왔는데, 외국으로 떠날 준비를 하고 있다더군."

"남편은 어떤 사람인데요?"

"멋진 사람이라고 하더군. 재산도 꽤 있고 말이야. 모스크바에 있을 때 내 동료였어. 자네도 알고 있는 그 사건 뒤에……. 아마 자네도 그 사건을 알고 있을 테지만……."

마이다노프는 의미심장한 미소를 지어 보였다.

"그녀는 배우자를 구하기가 쉽지 않았지. 갖가지 소문들이 그녀를 따라다녔으니까. 하지만 본디 영리한 그 여자가 불가능한 일이 있겠나. 한번 찾아가보게나. 자네라면 아주 반가워할 걸세. 그 여자는 더욱 아름다워졌지."

마이다노프는 내게 지나이다의 주소를 가르쳐주었다.

그녀는 데무트 호텔에 묵고 있었다. 옛 추억들이 내 마음 속에서 되살아나기 시작했다.

나는 다음 날 내 옛 연인을 찾아가리라 마음먹었다. 그러나 예기치 않은 일들 때문에 한 주 한 주를 그대로 넘겨버렸다.

그러다 드디어 내가 데무트 호텔로 가서 돌리스카야 부인을 찾았을 때, 나는 뜻밖에도 그녀가 나흘 전에 아이를 낳다가 급작스레 세상을 떠났다는 말을 전해 들었다.

가슴속에서 무엇인가가 덜컥 내려앉는 듯한 느낌이 나를 짓눌렀다.

'그녀를 볼 수도 있었는데, 끝내 만나지 못했구나. 이제는 그녀를 영영 볼 수 없겠구나.'

비통한 생각이 거역할 수 없는 격렬한 비난이 되어 내 가슴을 파고들었다.

"그녀가 죽다니……!"

난 흐려오는 눈으로 문지기를 바라보며 나지막한 소리로

이렇게 되뇌었다.

그리고는 거리로 나와 정처 없이 걷기 시작했다. 지나간 모든 일들이 파노라마처럼 펼쳐지면서 내 눈앞을 흐릿하게 가로막았다.

'그래, 그 화려하고 열정에 불타던 생명이 이렇게 끝장난단 말인가. 이것이 그렇게 흥분하며 조급하게 달려간 마지막 목표였단 말인가.'

나는 이런 생각을 하며, 이제는 저 축축하고 어두운 땅속에 묻혀 좁은 관에 누워 있을 그 아름다운 얼굴과 맑은 눈, 굽이치는 머리칼들을 떠올려보았다.

그녀는 내가 살아 숨 쉬는 이곳에서 그리 멀리 떨어져 있는 것이 아니었다. 그리고 나의 아버지와는 겨우 몇 발자국도 되지 않는 거리에 있는지도 몰랐다.

여러 가지 상념들이 어지럽게 머릿속을 헤매고 다니는 사이, 어떤 책에서 읽은 다음과 같은 구절이 가슴에 울려왔다.

무심한 사람의 입술이
죽음의 소식을 전했고,

그리고 나 또한 무심하게

그 소식을 들었노라.

오, 청춘이여! 청춘이여!

너는 그 무엇에도 구속받지 않는다.

마치 우주의 온갖 보물을 차지하고 있는 것처럼 우수도 너에겐 위로가 되며, 비애조차도 너의 얼굴에 너무 잘 어울린다.

넌 자신에 넘쳐 있으며, 자부심이 강해서 이렇게 말하곤 한다.

"보라! 이 세상은 오로지 나의 것이다!"

그러나 네게 주어진 좋은 시절도 흘러가 드디어는 흔적도 없이 사라져 버린다.

네게 속했던 모든 것들은 햇빛을 받은 흰 밀랍처럼, 또 눈처럼 녹아 없어진다.

어쩌면 네가 지닌 아름다움의 비밀도 무엇이든 해내리라고 생각할 수 있는 가능성에 있는 것인지 모른다.

자신에게 주어진 충만한 힘을 그 무엇에도 기울여보지 못하고 바람결에 흩날려 버리는, 바로 그런 점에 숨어 있을

지도 모른다.

우리들 누구나가 진심으로 낭비자라고 믿고 있는, 그런 점에 숨어 있을지 모른다.

'아! 만일 내가 시간을 헛되이 보내지 않았더라면, 무슨 일이든 다 해낼 수 있을 텐데.'라고 말할 수 있는 권리를 가졌다고 믿는, 그런 점에 숨어 있는지도 모른다.

그리고 지금 여기에 있는 나 역시도 그렇다.

순간적으로 떠오르는 첫사랑의 환영(幻影)을 오직 한 가닥 한숨과 쓸쓸한 감정 속에 묻어두려 했던 내가, 과연 어떻게 풍요로운 미래를 기대할 수 있겠는가?

내가 기대했던 그 모든 것, 그중에서 과연 무엇이 실현되었는가?

그리고 나의 인생에 황혼의 그림자가 드리워지기 시작한 지금, 봄날 새벽에 한바탕 휩쓸고 지나간 뇌우(雷雨)보다 더 새롭고 소중한 기억이 과연 남아 있는가?

그러나 나는 공연히 스스로를 비방하고 있는지도 모른다.

그 철없던 젊은 시절에조차도 난 내게 호소하는 애절한 목소리나 무덤 저편에서 들려오는 엄숙한 목소리에 등을 돌렸던 것은 아니다.

지금도 기억하고 있지만, 지나이다의 죽음을 안 지 며칠 되지 않은 어느 날, 나는 스스로 억제할 수 없는 충동에 이끌려 우리와 한 지붕 아래 살고 있던 어느 가난한 노파의 임종을 지켜보게 되었다.

누더기를 걸치고 딱딱한 판자 위에 놓인 자루를 베개 삼아 누워 있던 그 노파는 무척 고통스러워하다 숨을 거두었다.

그 노파의 한평생은 그저 그날그날 필요한 것을 손에 넣으려는 고난에 찬 투쟁 속에서 흘러가 버린 것이다.

그녀는 삶의 기쁨이라는 것을 몰랐고, 행복의 단꿈도 맛볼 기회가 없었다. 그녀는 당연히 자신의 죽음을, 자유와 평안함을 주는 구원으로 받아들여야 했을 것이다.

그러나 그녀는 그 늙어빠진 육체를 버려야 하는 순간까지, 그녀의 가슴이 차디찬 손아래에서 고통스레 오르락내리락하는 마지막 순간까지도 끊임없이 성호를 그으며 이렇게 중얼거리는 것이었다.

"주여, 제 죄를 사하여 주옵소서!"

그리하여 마침내 최후의 의식이 번쩍했다가 꺼졌을 때,

그 순간에야 비로소 죽음에 대한 무서움과 두려움의 표정이 사라졌다.

나는 지금도 기억하고 있지만, 이 가난한 노파의 임종을 기다리는 동안 지나이다의 최후가 연상되어 자꾸만 두려운 생각이 들었다.

그래서 그녀를 위해, 아버지를 위해, 그리고 나 자신을 위해서 기도를 드리고 싶은 마음이 생겼던 것이다.

□ 투르게네프의 삶과 작품

저자 이반 세르게예비치 투르게네프(Ivan Sergeyevich Turgenev, 1818년 11월 9일 러시아 오룔 출생~1883년 9월 3일 프랑스 부지발에서 64세로 사망)는 러시아의 시인, 소설가, 극작가이다.

대표작으로 ≪사냥꾼의 수기≫(1852), ≪루딘≫(1856), ≪짝사랑≫(1857), ≪귀족의 보금자리≫(1859), ≪첫사랑≫(1860), ≪전야≫(1860), ≪아버지와 아들≫(1862) 등을 남겼다. 1856년부터는 주로 독일과 프랑스에 살았다.

초기 생애와 작품

투르게네프는 퇴역 기병장교인 아버지 세르게이 투르게네프(Sergei Nikolaevich Turgenev)와 스파스코예루토

비노보에 방대한 영지를 소유한 어머니 바르바라 페트로브나(Varvara Petrovna Lutovinova) 사이에서 태어났다.

아버지는 1834년에 죽어 어머니만큼 그에게 영향을 끼치지 못했다. 그러나 훗날 그는 아버지에 대한 기억을 애틋하게 되새기기도 했는데, 그의 유명한 단편소설 ≪첫사랑≫에 나오는 아버지의 초상에서 가장 인상적으로 구현되어 있다.

그의 소년기와 청년기를 지배했던 위압적인 어머니의 모습은 그의 소설에서 우위를 차지하는 여주인공의 원형은 아니지만 하나의 보기를 제시했다. 전제적 기질을 지닌 어머니는 아들의 삶과 스파스코예 영지를 마음 내키는 대로 지배했다.

스파스코예는 어린 투르게네프에게 러시아의 시골 한가운데 떠 있는 젠트리 계층의 문명의 섬이자 노예나 다름없는 농민들의 상황에 내재하는 불의의 상징이라는 두 가지 의미를 지니게 되었다. 또 스파스코예는 전원성의 원천으로서 훗날 그의 주요작품의 맥락을 이루었으며, 문명이란 인간의 정신과 같이 근본적으로 고립되어 있으면서 외부의 암흑으로부터 영원히 위협받는 어떤 것이라는 그의 문명관의 틀을 이루었다.

그는 사회제도에 대해 끊임없는 적의를 품었는데, 이것

이 그의 자유주의의 원천이었으며 민중성원으로서 인텔리겐치아(intelligentsia, 지식층)가 조국의 사회적·정치적 개선을 위해 헌신할 사람들이라는 생각을 심어주었다.

투르게네프는 스스로 인정했다시피 유럽적 시각과 정서를 가진 유일한 러시아 작가로 성장했다. 비록 그는 가정과 모스크바의 학교들, 그리고 모스크바대학과 상트페테르부르크대학에서 교육을 받았지만 스스로 자신의 교육은 1838~41년 베를린대학에 다니며 '독일의 바다'에 빠져 있던 시기에 주로 이루어졌다고 여겼다. 또한 베를린에서 반(反)마르크스주의 혁명가 미하일 바쿠닌을 비롯한 동시대의 지도적 인물을 만났다. 이들을 통해 혁명 사상의 발판인 헤겔의 철학에 관심이 싹텄으며, 그 역시 러시아의 미래를 위해 자신의 삶과 재능을 바치리라는 이상에 불타게 되었다. 그는 서유럽의 우월성을 굳게 믿고 러시아는 서구화의 길을 걸어야 한다는 필요성을 절감하며 조국으로 돌아왔다.

그는 영국의 시인 바이런의 문체를 본뜬 시극(詩劇) 〈스테노〉(1834)와 파생적 운문을 썼으나 처음으로 비평가들의 관심을 끈 작품은 1843년 출판된 장시 〈파라샤〉였다.

투르게네프의 작품에서 사랑 이야기가 가장 흔하게 등장

하고, 1843년 처음 만난 유명한 여가수 폴린 비아르도 (Pauline Viardot)를 향한 사랑이 그의 전 생애를 지배했음에도 불구하고 그는 대단한 열정을 지닌 사람은 아니었다. 비아르도 부인과의 관계는 유럽에 대한 그의 사랑과 마찬가지로 대개는 정신적 사랑이라고 여겨진다.

그러나 몇몇 그의 편지는 종종 그의 여느 작품 못지않은 뛰어난 관찰력과 교묘한 표현으로 그 이상의 친밀함이 있었을 것이라고 시사한다. 그럼에도 이 편지들은 두 사람의 관계에서 투르게네프는 상냥하고 헌신적인 숭배자였으며 이 역할에 만족했음을 보여준다. 그에게는 스파스코예 영지의 한 농부 아낙네와의 사이에서 1842년에 태어난 딸이 있었지만 평생 결혼하지 않았고 나중에 비아르도 부인에게 이 아이의 양육을 맡겼다.

폴린 비아르도(P. F. Sokolov 그림)

1840년대에 투르게네프는 〈대화〉, 〈안드레이〉, 〈지주〉 등 좀 더 긴 시와 몇 편의 비평을 썼다. 상트페테르부르크 대학에 교수 자리를 얻는 데 실패하고 관직도 포기한 뒤 짤막한 산문작품을 발표하기 시작했다. 이 작품들이 그 세대의 전형인 '의지가 박약한 지식인'에 관한 연구이며 이 가운데 가장 유명한 것은 〈잉여인간의 수기〉(1850)이다. 여기에서 그는 러시아 문학 전반과 또 그의 작품에도 자주 등장하는 의지가 약한 지식인 주인공들에게 '잉여인간'이라는 통칭을 붙여주었다.

전원생활 스케치

투르게네프는 1847년 외국 여행길에 오르기 전에 문학잡지 〈소브레멘니크〉 편집실에 단편 습작 〈호르와 칼리니치〉 원고를 두고 떠났다. 오룔 지방에 사냥여행을 떠났다가 만난 두 농부의 이야기를 다룬 이 글은 '사냥꾼의 수기 중에서'라는 부제를 달고 출판되어 성공을 거두었다. 이 작품을 시작으로 그에게 명성을 안겨준 〈사냥꾼의 수기〉 연작이 탄생했고 1852년 출판되었다.

작품의 대부분은 작가의 체험을 기반으로 시골 영지 생활의 단편들, 농노를 소유한 러시아 젠트리 계층이 펼치는 일화와 다양한 지주의 초상을 묘사한다. 〈소브레멘니크〉에 여러 가지 제목으로 따로 발표되었던 작품들이 ≪사냥꾼의 수기≫로 한데 묶여 처음 출판되자 투르게네프는 체포당했고 1개월간 상트페테르부르크에 억류되어 있다가 스파스코예로 강제 이송되어 18개월간 칩거했다.

이러한 조처의 명목상 이유는 그가 검열 규정을 어기고 고골리의 사망기사를 발표했기 때문이다. 그러나 ≪사냥꾼의 수기≫에 나타난 농노제에 관한 그의 비판적 견해, 그것도 어떤 도덕적 규범에 의해 어조가 약화되어 단지 농민들에 대한 지주의 잔혹함을 다룰 때만 드러낸 견해만으로도 그의 예술이 이와 같이 일시적으로 고난 받을 충분한 이유가 되었다.

초기 소설

그는 상트페테르부르크에 억류당한 기간 동안 농노제의 잔인성을 적나라하게 폭로한 〈무무〉 등의 작품을 썼으나 점차로 〈야코프 파신코프〉(1855)처럼 집중적으로 등장인물을 분석하고 〈파우스트〉나 〈편지〉(1856) 등에서처럼 비뚤어진 사랑을 섬세하게 또는 염세적으로 고찰하기 시작했다. 더욱이 시대적·민족적인 문제가 그를 짓눌렀다. 크림

전쟁(1854~56)에서 러시아가 패하자 투르게네프의 세대, 즉 '40년대 사람들'은 이미 과거에 속한 사람들이 되었다.

1850년대에 발표한 2편의 장편소설 ≪루딘≫과 ≪귀족의 보금자리≫는 이 10년 전 세대의 특징인 나약함과 무력함에 대한 아이러니컬한 향수에 젖어 있다. 러시아 인텔리겐치아를 다룬 연대기 작가로서 그의 객관성은 이 초기 소설에서 뚜렷이 나타난다.

그는 크림전쟁 후 대두한 급진적인 젊은 세대 사상의 일부 경향에 동조하지 않았을지라도 이들 신세대 남녀의 긍정적인 열망을 신중하고 솔직하게 묘사하고자 노력했다. 그러나 젊은 세대를 이끈 급진적 비평가 니콜라이 체르니셉스키와 니콜라이 도브롤류보프 등은 그에 대해 대체로 냉담한 태도를 보였으며 때로는 매우 적대적이었다. 어느 정도 방종한 기질을 지닌 그는 이 젊은 동시대인들의 강력한 도전을 받았다.

그는 체르니셉스키가 공격했던 유형의 주인공들의 잘못을 강조하는 대신 단편소설 〈짝사랑〉(1857, 원제는 아샤(Asya))(1858)를 출발점으로 삼아 그들의 젊은 혈기와 윤리의식에 초점을 맞추기 시작했다.

장편소설 〈전야〉는 크림전쟁 전야에 젊은 인텔리겐치아

가 당면한 문제를 다루고 있으며 1861년 농노해방이 선포되기 이전 러시아에 닥칠 변화들을 이야기하고 있다. 이 작품에는 그의 염세주의가 뚜렷하게 반영되어 있다. 이것은 부분적으로 비아르도 부인과 그 남편과의 비정상적인 관계에서 비롯된 듯하나 그의 자신감의 결여로 더욱 심해진 것이 확실하다.

1859년 체르니셉스키가 런던을 방문해 자유주의적 지도자이며 투르게네프의 친구인 알렉산드르 게르첸을 만난 것을 계기로 러시아 인텔리겐치아 구세대와 신세대의 대립은 노골화되었다. 투르게네프 세대의 자유주의와 젊은 인텔리겐치아들의 혁명적 열망 사이에 진정한 화해는 불가능한 것처럼 보였다. 투르게네프는 이러한 불화에 자신도 개인적으로 연루되었다는 느낌을 지울 수 없었다.

이러한 연루 의식에서 나온 소설이 탁월한 균형감각과 깊이를 가지고 두 세대를 분열시킨 쟁점들을 성공적으로 묘사한 그의 최대 걸작 〈아버지와 아들〉이다.

고립과 명성

자신의 문학적 명성에 대해 민감했던 투르게네프는 잦은 비판의 소리에 상심하다 못해 러시아를 떠났다. 그는 은퇴

한 비아르도 부인이 휴양 중인 남부 독일의 바덴바덴에 정착했다. 톨스토이 · 도스토옙스키와의 언쟁과 러시아 문단과의 전면적인 결별로 그는 망명한 것이나 다름없었다. 자신을 거부한 러시아에 대

투르게네프의 동상

한 심정은 〈망령〉(1864), 〈이제 그만〉(1865) 같은 단편소설에서 엿볼 수 있다. 바덴바덴을 배경으로 이 시기에 쓴 유일한 장편소설 〈연기〉(1867)는 적의를 띤 어조로 좌익과 우익 인텔리겐치아들을 풍자적으로 희화화하고 있다.

1870~71년 프랑스-프로이센 전쟁이 발발하자 비아르도 부부는 바덴바덴을 떠나야 했고 투르게네프도 그들을 따라 런던을 거쳐 파리로 갔다. 이와 함께 그의 관점에도 새로운 방향전환이 일어났다. 한때 열렬한 독일 예찬자였던 그가 한층 냉정해지고 비탄에 잠긴 것이다. 이제 그는 1870년대 파리에서 러시아의 명예 외교사절 몫을 하게 되

었다. 조르주 상드, 귀스타브 플로베르, 공쿠르 형제, 그리고 젊은 에밀 졸라, 헨리 제임스 등 많은 문인들과 편지를 나누고 친목을 도모했다. 그는 1878년 파리 국제문인대회에서 부회장으로 선출되었으며 1879년에는 옥스퍼드대학에서 명예학위를 받았다. 러시아에서도 연례 방문중에 환대를 받았다.

과거에 대한 향수를 모은 이 마지막 시기의 작품들 중 〈광야의 리어 왕〉(1870), 〈봄의 급류〉(1872), 〈푸닌과 바부린〉(1874) 등의 아름다운 단편에는 이 향수가 잘 나타나 있으며, 그 뒤에 발표한 〈승리한 사랑의 노래〉(1881), 〈클라라 밀리치〉(1883)는 환상에 가까운 등장인물을 내세운 단편이다. 마지막 장편소설 〈처녀지〉(1877)는 자신의 문학적 명성을 되찾기 위해 젊은 세대의 관점에서 쓴 작품이다. 이 소설은 러시아 농민이라는 처녀지에 혁명의 씨앗을 뿌리기를 바라는 희생적인 젊은 나로드니키의 헌신을 그리고자 한 것으로, 전쟁의 시사성을 다루려고 노력한 사실주의적 작품이지만 그의 장편소설 중 가장 작품성이 떨어진다고 할 수 있다. 최후의 주요작품 〈산문시〉는 명상적 감성과 러시아어에 대한 유명한 송가가 주목할 만하다.